前　言

　　感恩，是心灵里开出的一株花，"感"是茎叶，"恩"是花朵。人人心存感恩，心灵便百花满园，世间便处处花香。

　　感恩父母，给了我们奇妙无比的生命，从呱呱坠地到走向成熟，伴随着父爱和母爱的阳光雨露。父爱，似一坛陈年老酒，历久弥香，醇厚绵长。母爱，似一首江南吴歌，柔和婉润，萦绕心田。感恩父母，让我们拥有绚丽多彩的人生，在泪水中映照欢笑，在挫折时拥有勇气，在成功后继续前行。

　　感恩老师，给予我们翱翔穹宇的翅膀，从懵懂顽童到天骄之子，伴随着每届老师的春风化雨般的爱。一段师爱，就是一段心灵深处的洗礼，似拂尘清扫尘埃，让我们如醍醐灌顶，甘露洒心。一段师爱，就是一段刻骨铭心的记忆，任时间雕刻岁月，花开花落更珍惜。感恩老师，甘做人梯，翘首等待花开的时节。

　　感恩朋友，给予我们高山流水的情谊，从管鲍之交到桃园结义，伴随着人性之间的完美特质。一种友情如大海，波澜壮阔，感天动地。一种友情如小溪，细水长流，滋润心田。一种友情如磐石，历经风雨，依然屹立。一种友情如水滴，以柔克刚，滴水穿石。友情如细雨，绵绵惬意，友情如春风，唤醒大地。

　　感恩生活，给予我们酸甜苦辣的滋味。从萍水相逢到相熟相知，伴随着人生舞台的千姿百态。感恩生活，给予磨练，才使生命的春光美丽无比。感恩生活，给予挫折，才使折断的翅膀续接希望。感恩生活，给予梦想，才让生命的尽头永远拥有曙光。感恩生活，给予美好，才使心中处处是天堂。

　　感恩社会，给予我们火炼水淬地煅造，从人间大爱到一个微笑，伴随着多少海纳百川的情怀关照。感恩社会，给予我们仁爱，让生活处处可见花开。感恩社会，给予我们团结，让我们的生活少些争吵和冷漠。感恩社会，给予我们温暖，让大雪纷纷的夜晚不再孤单。感恩社会，给予我们理解，让人生永远得到关爱。

感恩自然，给予我们赖以生存的环境，从凄凄芳草到苍穹雄鹰，呈现出生生不息的自然胜景。感恩自然，给予我们无私的馈赠，从天空到大地，从湖泊到海洋，包罗万象。感恩自然，给予我们心灵的惩罚，从羚羊的跪拜到骆驼的眼泪，从动物诱杀到美国黑风暴，让我们认识到人和自然的和谐之道。

学会感恩，人生之道。

编者

感恩社会

教育部《语文新课程标准》推荐篇目

顾令莉/主编

吉林大学出版社

目录

第一辑　不一样的惩罚

处于困境，面对威胁，我们有多少人能够具有一定要战胜的信念和超人的胆识，又有多少人采取了逃避或任人宰割的无奈之举。其实，很多时候，都是我们自己战胜不了自己，自己先输给了自己。

第二辑　给陌生人依偎的肩膀

现代社会中，由于生活节奏的加快，人们越来越浮躁，没有耐心去和大自然交流，也没有耐心和别人沟通，生活中的快乐离我们越来越远。我们总认为我们之所以不快乐，是因为太忙碌，却从来没有想过我们对待生活的态度。

第三辑　面临选择

　　人在成长的岁月里，会遇到各种各样的选择，在每一个人生路口你都拥有好多种选择，但你只拥有一次抉择的机会，一次就足以决定你的命运。

第四辑　让善念在人间传递

　　每个人都生活在一定的团体中，需要承担一定的责任并履行相应的义务，对于一种工作，看似是为了自己，其实也是为了他人，人人为我，我为人人，构成了相互的责任承担。

第五辑　心灵折旧费

　　诚信，在人与人之间应该有着举足轻重的位置。有时候，不是任何行为都能用金钱去衡量的。诚信，是做人的根本，虽然无法触摸，但雕刻在生活的角角落落。只有诚信，人与人才能坦诚相待。

第六辑　远去的歌

　　两情相悦需要更多的宽容和理解，爱情如鲜花，需时时浇灌，才有百日芬芳。就像亚当和夏娃，是因为夏娃源自亚当的一根肋骨，因为彼此骨肉相连，所以才能有天长地久。彼此相容，夫妻才有和谐，每个人寻找自己的真爱，只是源于爱情的本能。

第一辑　不一样的惩罚

处于困境，面对威胁，我们有多少人能够具有一定要战胜的信念和超人的胆识，又有多少人采取了逃避或任人宰割的无奈之举。其实，很多时候，都是我们自己战胜不了自己，自己先输给了自己。

"没有谁愿意被别人看成是一个傻瓜。"他说。"那珍珠是真的吗?"我问道。"如果我有一个漂亮妻子的话,我绝不会让她一个人在纽约待一年。"他拿出钱包,把100美元放了进去。

"万事通"先生

毛　姆　英国

我在见到凯兰达之前就有点不喜欢他。

第一次世界大战刚刚结束,横渡太平洋的航线非常繁忙,客舱是很难预订到的。我很高兴,弄到一个双人客舱,但当听到同伴的名字时,我就有点灰心了。"凯兰达",这使我有一种在空气不流通的房间里的感觉。想起在这十四天的旅途中(我从圣弗兰西斯科到横滨),将和这个凯兰达共用一间房,我就感到不舒服。

我讨厌他的名字,要是他叫史密斯或者布朗什么的也许会好一点。

上船后,我来到客舱,发现凯兰达已经来过了。一只又大又难看的衣箱和一个贴满标签的手提箱放在他的床下,脸盆架上摆着他的香水、洗发精和润发油,檀木做的牙刷上镀金印着他的名字缩写。我不喜欢凯兰达。在吸烟室里,我要了一副单人玩的纸牌,正准备开始玩的时候,一个人走了过来向我问好。"我是凯兰达。"他在我面前坐下,笑着露出一排雪白的牙齿。"哦,我们好像住在一个房间。""听说你是英国人,我感到很高兴。在海外遇到自己的同胞,确实让人激动。""你是英国人?""当然,我是一个地地道道的英国人。"说着他拿出他的护照递给我。"想喝点什么吗?"他问道。

我疑惑起来。美国正在实行禁酒令,船上是找不到一滴酒的,但是凯兰达狡黠地朝我笑了笑。"威士忌、苏打还是鸡尾酒,你只要说一声就可以。"说着,他从后裤袋里摸出两个瓶子,放在我面前的桌子上,我兴奋起来,找服务员要了两个玻璃杯和一些冰块。"嗯,不错。"我说。"是的,我这里还有好多这样的酒,船上如果还有你的朋友的话,你可以把他们都叫来。"我没有说什么。

接着他跟我讲起纽约、圣弗兰西斯科,谈到戏剧、绘画和政治。他很健谈,好长时间都是他一个人在那里滔滔不绝地说着。

我有点厌烦了,重新拿起我的牌。"你喜欢纸牌魔术吗?""不喜欢。"我又开始讨厌他了。"我来给你表演一个。"他抽出三张牌递给我。但我没有理他，说我要去餐厅找个座位。"哦，很好，我已经为我们俩订了座位，我想我们应该坐在一块。"

我不喜欢凯兰达。

他不但和我住在一个房间，而且一日三餐都非要和我挤在一张桌子上吃饭。不论我在什么地方，都无法摆脱他。要是在我家里的话，我一定会在他面前"砰"地把门关上，让他明白自己是一个不受欢迎的人。

凯兰达擅长交际，在船上的第三天，就差不多认识了所有的人。他什么事都干：主持拍卖，筹集体育资金，组织高尔夫球赛，安排音乐会，举办化装舞会。我想大家一定有点讨厌他。我们都叫他"万事通"先生，甚至在他面前也是这样。他对此并不在乎，把这当做我们对他的恭维。凯兰达非常健谈，并且喜欢同别人争论，特别是在吃饭的时候。我们简直难以忍受，但又无法让他停下来。他好像比谁都懂得多，错误似乎也不会发生在他身上。在他讲话时，若有人反对他，他就会同他争个没完。在说服你之前，他绝不会放弃一个话题，不管它是多么地不重要。

一天晚上，我们坐在医生的桌旁，凯兰达仍像以往一样在滔滔不绝地说着。在座的还有在神户的美国领事馆工作的拉姆齐和他的夫人。

拉姆齐是一个很结实的家伙，皮肤绷得紧紧的，略显肥胖的肚子使衣服凸起。

这次他是带着妻子重返神户的。他的妻子已独自一人在纽约待了一年。拉姆齐夫人的样子十分可爱。虽然她丈夫的工资不怎么高，她穿得也很简朴，但她知道怎样穿她的衣服，使她具有超过一般女人的迷人之处。这是一种端庄贤淑的美。

看得出拉姆齐很讨厌凯兰达。他们时时争论一番，这种争论是长时间的、激烈的。

一次，谈到精明的日本人正在进行的人工养殖珍珠，凯兰达给我们讲了许多关于珍珠的事。我相信拉姆齐对此知道得不会很多，但他绝不会放过任何反驳凯兰达的机会。不一会儿，我们就被卷入了一场充满火药味的争吵。刚开始，凯兰达还情绪激昂，滔滔不绝，但不久，他自己也有点厌烦了。最后，他显然是被拉姆齐的一句话刺痛了，敲着桌子叫道："我可以告诉你，在这方面我是最有发言权的。我这次到日本就是去洽谈珍珠生意的。没有哪一个懂行的人不认为我刚才所说的都是千真万确的。"他得意扬扬地看着周围的人。"我知道所有珍珠的行情，没有哪一种珍珠我不能马上辨认出来。"他指着拉姆齐夫人戴的项链，"夫人，你的这串珍珠项链就非常值钱，并且它的价格还在上涨。"

拉姆齐夫人的脸红了，她把项链轻轻塞进衣服。"你说这是天然珍珠吗？"拉姆

3

齐好像已经抓住了凯兰达的什么把柄。"是的，这种珍珠非常精致。"凯兰达答道。"好。虽然这不是我买的，但我想知道，你认为它值多少钱？""在一般的市场要1.5万美元，但在美国最繁华的第五街，1.3万美元也能买得到。"拉姆齐冷笑起来。"这是我夫人离开纽约前在一家百货商店里买的，只花了18美元。"

凯兰达的脸一下子涨得通红。"胡说，这珍珠不但是真的，而且是我所知道的几种中最好的一种。""你敢打赌吗？我要用100美元和你打赌这是仿制品。"拉姆齐怂恿道。"可以。""不，拉姆齐，你怎么能拿一件事实和人打赌呢？"拉姆齐夫人劝阻道。"为什么不呢？如果放弃这样一个能轻易弄到钱的机会，那才是一个傻瓜。""但你也不能证明它是仿制品呀？""把它拿给我看一看，我就知道它的真假。"凯兰达说道。"亲爱的，把它拿给这位先生看看。"

拉姆齐夫人犹豫着，她的两手紧握在一起，好像还在考虑着什么。

拉姆齐等得不耐烦了，他走过来亲手把项链解下来，递给了凯兰达。

我预感到一件不幸的事要发生了。

凯兰达拿出一个放大镜，仔细地观察起来。不一会儿，一丝胜利的微笑闪现在他的脸上。当他把项链递给拉姆齐正准备开口说话时，忽然看见拉姆齐夫人的脸是那样地白，她好像马上就会晕过去。她的眼睛看着凯兰达，那是一种绝望的哀求。我很奇怪，拉姆齐没有看到这些。

凯兰达半张着嘴，半天都没有说出话。我看得出他在努力改变着什么。"我错了，"最后他说道，"这是一个非常好的仿制品，18美元正合适。"

他从钱包里拿出100美元递给拉姆齐，没有再说一句话。"也许这能教会你以后不要太自以为是了。"拉姆齐得意扬扬。

我注意到凯兰达的手在发抖。

这件事很快在整条船上传开了，凯兰达不得不忍受着别人的戏弄和嘲笑。对"万事通"先生来说，这确实是一个笑话。但是，拉姆齐夫人再也没有出来过，据说她有点头痛。

第二天早上，我正在刮脸，凯兰达躺在床上抽雪茄。忽然响起一阵轻轻敲门的声音，一封信从门下塞了进来。我打开门，外面没有任何人。我捡起信封，上面用印刷字体写着"给凯兰达"，我把信递给了他："哪里来的？"

他打开信封。"哦？"拿出的不是信，而是一张100美元的钞票。

他看了我一眼，然后把信封撕成碎片从舱口扔了出去。"没有谁愿意被别人看成是一个傻瓜。"他说。"那珍珠是真的吗？"我问道。"如果我有一个漂亮妻子的话，我绝不会让她一个人在纽约待一年。"他拿出钱包，把 100 美元放了进去。

这时，我觉得我不是那么不喜欢凯兰达了。

感恩寄语

人不仅不可貌相，而且有时就是从他的某些举动上你也很难去彻底了解他人性中某些方面的实质，这就是人性的多面性。本文中的"万事通"先生令人厌烦的方面太多了，但一件事情足以让人由厌烦他转而喜欢他。那就是从他心底里迸发出的对别人自尊的维护，即使自己受委屈也不想伤害别人，也要把这种善意进行到底。

前苏联的霍姆林斯基说："人类有许多高尚的品格，但有一种高尚的品格是人性的顶峰，这就是个人的自尊心。"然而，生活中，我们总是过分地强调自己的自尊心，却把别人的自尊心放在脚底下。但不管什么时候，都请你相信，无论是沿街乞讨的乞丐，还是身价百万的富商，每个人都拥有同样的自尊心。你若偶然在街上碰到一个乞丐，请将自己的自尊放在和他相同的高度，轻轻地把钱放在他的手上，而不是鄙夷地施舍。善意地维护他人的自尊，犹如开着的一朵小花，散发出一缕幽香；犹如一棵小草，散发出一抹绿意，可是无数的小草和小花连在一起就会成为广阔无垠的草原。因此，请你在力所能及的情况下，善意地维护别人的自尊吧——赠人玫瑰，手留余香。

当时有这种经验的只是我一个人！因为我后来才了解，有些人从来不知道怕，而格泽尔正是这样的人。格泽尔，我知道得很清楚。我娶了她。

"我不能让你抢我的鞋"

我低头望了一下同伴。她瘦小得可怜，手里提着鞋，赤着足陪我走，不时要跑几步才能跟得上我的大步。我的怜悯之心油然而生，便对她说："让你这样受罪真抱歉。""啊，没关系。"她的声音很轻松，我不晓得她有没有想到我们可能就要碰到的遭遇。

我们相识才几天。她娇小玲珑，有吉卜赛人的美，微露出坚强的性格。她是在摩洛哥本地出生的巴斯克人。她名叫格泽尔。除此以外，我对她一无所知。

我们从卡萨布兰卡坐车子来的时候，只想在这里享受一段甜蜜的时光。起初月光如洗，不一会儿飘来一片乌云，亮晶晶的月亮变得朦朦胧胧的。

我们的右边是高耸的沙丘，左边是海，退潮的浪花卷着波纹道道的细沙。几分钟之前，我们还在高高兴兴地聊天。我握着她的手，她并没有缩回。她笑得很甜，说我讲法语带着很重的美国腔。

后来我忽然瞥见阴沉沉的沙丘上有东西在动。是几个人影，鬼鬼祟祟的，一会儿蹲下，一会儿向前奔，一会儿又蹲下，好像要干什么坏事。我觉得害怕，越怕越慌。

我真是太傻了，别人警告过我摩洛哥"不安定"，我竟没有理会。从前我来过摩洛哥，那时候各地的城市跟伦敦一样热闹。这次住了一星期以后，觉得一切似乎仍跟以前一样，安定而有秩序。别人说的许多令人心惊胆战的事，似乎尽是毫无根据的夸张。

曾有人告诉我，以前靠恐怖行动反对法国统治的人收买了阿拉伯青年农民，替自己进行危险的工作，因为青年农民杀人的代价低，而且容易受某些口号的煽动。

如今新政府还没有逮捕和安抚所有的青年亡命之徒，因而其中一部分已沦落为盗匪，甚至还强奸伤害人。

我们此刻急步赶路，这些话又涌上我的心头。现在向我们步步进逼的，一定是那些无法无天的恐怖分子，他们要切断我们的退路，使我们回不到那辆留在沙丘后面海滩公路上的汽车。

本能告诉我："赶紧快跑！"可是他们跑起来必然比我们快，而且我心慌意乱，已经认不出路了。

那些人越来越胆大了，渐渐暴露了自己。我想起自己的手枪在机场被扣，心里很难过。检查人员苦笑着说，要扣下我的枪，否则可能惹来麻烦。

我听过的种种传说全部记起来了，这越发令我张皇失措。格泽尔说不定会遭人轮奸，奸后还会被杀死。想到这里，我急得要命，但又一筹莫展。

我气急心跳，脚步缓了下来。她抬头望着我，眸子里像有许多警惕的问号。

突然他们出现了：三个身材高大的阿拉伯青年，穿着不合身的西服，朦胧的夜色已不能遮掩他们眼中的凶光。我们双方好像遵守着什么约定，在沙地上相对而立。

我们站着不动，也不说话。我惊骇地发现，他们之中有两人手里执着长长的屠刀，闪闪生光。中间那人较魁梧，显然是头子，拿着一把打开的弹簧刀。

这时我已饱受惊吓，反而不怕了。格泽尔忽然向我示意，不让我说话。她目光炯炯，比反照的月光还亮，鄙视着拿弹簧刀那人的眼。

那人把刀拿得很低，刀尖向上，咄咄逼人。他逼近一步，伸出一只手去拿她胸前的鞋。一只掉在了沙地上，但她仍紧紧握着另一只。那人的手也捉住不放。

双方略微争夺了一阵。我注意到他拿刀的那只手并没有动。格泽尔的眼睛盯住他，似乎盯得他动弹不得。他夺不下格泽尔手中的鞋，两人都默默地抓着那只鞋不放。

格泽尔终于开口了。她跟大多数外来的移民一样，能说当地混杂着一些法语的阿拉伯语，我可以听懂大意。"你不可以。"她说，音调平和而不激动，"我不能让你抢我的鞋。"那人瞪着大眼睛望着她，她的镇定令对方不知所措。"你明白吗？我如果让你抢，就是助你为盗，真主敬爱武士，鄙视强盗。"她把每个字都咬得非常清楚，接着又慢慢地说："不过有人比强盗更卑鄙。这一类人就是懦夫，真主不会饶恕这种人。"

她停了一下说："你们三个人年轻力壮，都曾经为了所信奉的正义而成为武士，你们的英勇当然会使真主高兴。现在你们面前有一个年纪比你们大的人，你们应该尊敬他才对。他是海外来的客人。你们的祖先，一向善待游客。他明了这一点并深信不疑。"她不慌不忙地说："你看，他没有带刀带枪，空手来了，你们绝不能辜负他的信任。"

我想起我那支手枪，不禁有内疚之感。我想看格泽尔一眼，但不敢掉头。她的话把三个人吸引住了，我只要轻轻说一声，说不定就会把事情弄糟。

格泽尔停了一下，以便他们有时间想一想。"你们高兴，尽可以叫我们受罪，要杀就杀，谁都阻止不了，真主也不会干涉。不过真主将来会审判你们的。"她的口齿很伶俐。"也许你们曾经为了所信奉的正义抢过，但你们受骗了。不过不要紧，真主可以原谅你们一次。但是对于懦夫，真主是决不会饶恕的。真主在监视着你们！"她举起一只手，向灰暗的天空划了一下。

格泽尔继续说下去，但是已带着点不耐烦的神气："你们觉得该怎么做就怎么做吧。不过我不希望你们做强盗。把鞋拿去吧，我送给你了。"她手一松，放弃了鞋。

我对她的钦佩油然而生，同时也有了新的恐惧：现在是最后的关头了。

那个头子还抓着鞋，过了好一会儿才垂下手臂来。这是屈服的表示格泽尔已征服了他内心的兽性。

那只鞋落在沙地上——落在了另一只的旁边。"咔嚓"一声，弹簧刀合上了。

他头一低，手背在眼角擦了一下，像个想哭的孩子，接着把武器塞在了我手里，动作非常迅速。我没料到这一下，只有接纳。

他们走了，踏着软绵绵的沙子，一步一步往前行，不久就望不见了。

我和格泽尔手拉手，慢慢往回走。此时清风徐来，阴云渐消，月亮重现，照在起伏的沙丘上，黑白分明。我顿觉恐惧解脱后的宽慰，这无疑是人生最宝贵的体验。

当时有这种经验的只是我一个人！因为我后来才了解，有些人从来不知道怕，而格泽尔正是这样的人。格泽尔，我知道得很清楚。我娶了她。

🌸 感恩寄语

"格泽尔，我知道得很清楚。我娶了她。"读到最后，心里为一位勇敢而正义的姑娘感到莫大的欣慰，是真主赐给了她命运的公平，因为她有着一颗能够挫败邪恶的正义的灵魂。在三个凶狠的歹徒面前，格泽尔用正义和勇敢瓦解了他们内心的邪恶，让他们退避三舍，重新向善。

处于困境，面对威胁，我们有多少人能够具有一定要战胜的信念和超人的胆识，又有多少人采取了逃避或任人宰割的无奈之举。其实，很多时候，都是我们自己战胜不了自己，自己先输给了邪恶的势力。因此，面对积威之所劫，我们要像格泽尔那样，勇敢地去面对，用胆量和智慧击中邪恶的软肋。人生本就布满了荆棘，那么我们能想的办法不是绕路，更不是回头，而是从那些荆棘上迅速跨过。困难是欺软怕硬的，你愈畏惧它，它愈威吓你，你愈蔑视它，不将它放在眼里，它愈对你表示恭顺。同样，邪恶从来都是惧怕正义的，心灵对峙起来的时候，它像阳光下的露水一样，经不起光明的照射。因此，勇敢地迎接一切，前面就是坦途。

然而，老人再也不能实现他的愿望了。他像流星一样划过，让自己燃烧着，但却给世界留下了最后的光芒……

白芳礼，天堂蹬车人

晓 亮

白芳礼，这位平凡的老人，在生命的最后 19 年，省吃俭用、顶风冒雨奔波在街头，用蹬三轮车积攒的 35 万元钱，资助了 300 多名贫困学生，而他的私有财产账单上是一个零。

2005 年 9 月 23 日早晨，93 岁的他静静地走了。无数活着的人在口口相传中记住了他——蹬三轮的老人白芳礼。这不是神话：这位老人在 74 岁以后的生命中，一脚一脚地蹬三轮，挣下 35 万元人民币，捐给了天津的多所大学、中学和小学，资助了 300 多名贫困学生。而每一个走近他的人都惊异地发现，他的个人生活几近乞丐，他的私有财产账单上是一个零。

1986 年，74 岁的白芳礼从天津回到家乡河北省沧县白贾村。这是一个让他悲伤而又牵挂的地方。小时候，他很渴望读书，可因家境贫寒，13 岁便逃难到天津，做了一名卖苦力的三轮车车夫。解放后，他蹬三轮成了劳动模范，并拉扯大了自己的三个孩子。当他看着他们中的两个成了大学生时，高兴得落了泪。

眼下，人老了，又有政府每月发的退休金，他计划回家乡安度晚年。

他走在村里，发现大白天到处可以看到正在干活的孩子。他问：为什么不上学？孩子们说，大人不让他们上。他便又找到大人问，为什么不让孩子上学？大人说，种田人哪有那么多钱供娃儿上学！

这一晚，白芳礼一夜没合眼。

白芳礼虽然没有什么知识，可他很喜欢知识，特别喜欢有知识的人。他常对人念叨一个理儿：国家要发展，知识为先。眼前家乡的一幕让他无法平静。难道能眼瞅着家乡就这样一辈辈穷下去？能眼瞅着那些没钱的孩子上不了学？不成！

第二天天一亮，老人便召集家庭会议，宣布了两件事："第一，我要把这些年蹬三轮攒下的 5000 块钱全部交给老家办教育；第二，我要回天津重操旧业，挣下钱来让更多的穷孩子上学！"

74 岁的白芳礼回到天津，重新蹬起了他蹬了大半辈子的三轮车。和以前蹬车相比，他现在感觉目标更亮堂。他像是在圆自己的一个梦，这个梦他小时候做过却没能实现。现在，他要把这个梦扩展得大大的，要让它在更多有梦的孩子身上变成现实……

每一个见过白芳礼的人，都会心酸。他一年四季从头到脚穿的总是不配套的衣衫鞋袜，那都是他从街头路边或垃圾堆里捡来的。他每天的午饭总是两个馒头一碗白开水，有时往开水里倒一点酱油，那已是"美味"了。馋得厉害了，就在晚上睡觉时往嘴里放一星肉，含着，品品滋味。

物质生活上压榨到最低点的老人，却把能量释放到了最高度。一年365天，他没歇过一天。他曾在夏季烈日的炙烤下，从三轮车上昏倒过；他曾在冬天大雪满地的路途中，摔到沟里；他曾因过度疲劳，蹬在车上睡着了；他曾多次在感冒高烧到39摄氏度时，一边吞着退烧药，一边蹬车……更有不为人知的，由于年事过高，冬天里他常憋不住小便，棉裤总是湿漉漉的，他就垫上几块布照样蹬着车跑。

白芳礼生于1913年5月13日，属牛。有人说，他真是牛命，吃的是草，出的是苦力，挤的是奶。

他为了什么？对于一颗挣脱了世俗羁绊的心灵，并不是每一个人都能理解。有人背地里称他是"高级神经"。

老人说："我咋就不知道享受？可我哪舍得花钱！孩子们等着我的钱念书，我就只能往里挣才是！"

这是一颗太阳的心，默默无言，却灿烂炽热！

看到自己捐的钱能化为孩子们读书的甘露，他便有了无上的幸福。白芳礼每天最快乐的事，就是晚饭后抱着他那个小木盒子往里数钱；一元、一角都要把它们展平、码好。他每个月最快乐的日子，就是蹬着三轮车去学校捐钱。在儿女们的印象中，这样的日子老爷子总是像过年似的欢喜。红光中学是天津唯一一所接收藏族孩子的学校，当白芳礼得知这里的孩子大多数来自贫困牧区，心一下子就揪住了。半个月后，他蹬着车来到学校，掏出话："我是白芳礼。今后我要用每月蹬三轮的钱资助这里的藏族学生，别让孩子们委屈。"说着，从口袋里掏出900元钱。在场的人都惊呆了，那全是1角、2角、5角、1元、2元、5元、10元……厚厚的一叠。从1993年到1998年，老人资助了红光中学的200多名藏族学生，月月给他们补助，直到他们高中毕业。

白芳礼倾尽所能地把他的光和热洒向了众多需要帮助的学生身上，学生们从他那里获得的感动和成长，让他收获了无上的幸福。

老人忘不了那一年他到南开大学给贫困学生捐款的一幕。当时，学校要派车去接他，他说不用了，把省下的汽油钱给穷孩子买书。他自个儿蹬三轮到了学校。捐赠仪式上，老师把这事一讲，台下一片哭声。许多学生上台从老人那里接过资助的钱时，双手都在发抖。

一位来自新疆地区的贫困学生，功课优秀，没毕业就被天津一家大公司看中，拟以高薪聘用。这一天，他走上台激动地说："我从白爷爷身上感到了一种前所未有的精神和力量。我正式向学校，也向白爷爷表示：毕业后我不留天津，要回到目前还贫困的家乡，以白爷爷的精神去为改变家乡面貌做贡献！"他深深地向白芳礼老人鞠了一躬。全场掌声雷动。老人高兴得流下了眼泪。

事后，老人对他的老友说："我过得是苦，挣来的每一块钱都不容易。可我心里是舒畅的。看到大学生们能从我做的这一点点小事上唤起一份报国心，我高兴啊！"

这些年得到白芳礼捐助的大学、中学、小学以及教育基金等单位达 30 家之多。老人捐钱从不图回报，许多得到他帮助的学生并不知道他的姓名。他的快乐和幸福来自他那一颗太阳一样的心！

他坚守着自己心中的追求，就像战士坚守着战斗的高地。1994 年，白芳礼 81 岁。这一天，他把整整一个寒冬挣来的 3000 元辛苦钱交给一所学校后，校领导说代表全校 300 名贫困生向他致敬。这话触动了他：现今缺钱上学的孩子这么多，光我一个人蹬三轮车挣来的钱救不了几个娃呀！

他琢磨了一夜，第二天一早就把儿女家的门敲开了："我准备把你们妈和我留下的那两间老屋给卖了，再贷点款办个公司，赚钱支教。"

不多几天，在紧靠天津火车站的一小块空地上，出现了一个 7 平方米的小售货亭，里面摆着一些糕点烟酒等，当头挂着一块牌子——"白芳礼支教公司"。他对受雇的员工宣布："我们挣来的钱姓'教育'，每月结算，月月上交。"

小售货亭让白芳礼增加了不少支教的财力，却一点也没有改变他蹬三轮的生活。他把售货亭交给伙计打理，自己照样天天出车拉活。他说："我出一天车总能挣回二三十块钱，可以供十来个苦孩子一天的饭钱呢！"

为了在车站前拉活方便，他索性挨着亭子搭了个 3 平方米的小铁皮棚子，里面用砖头搭了一块木板算是"床"，棚顶上的接缝处露着一道道青天。夏天，棚里的温度高达 40 摄氏度；冬天，放杯水可以冻成冰坨子。白芳礼在这里面一住就是整整五年。

"这老爷子怎么像个没家的人……"老人的儿女一直承受着某种被误解的压力，他们对父亲难免有些埋怨。蹬着三轮闯荡了一辈子的白芳礼，骨子里有一种大义，国家与社会在他心目中有着头号位置。他对儿女们说："我现在是有国无家，为了能给孩子们多挣钱，眼下就住这儿了！"

白芳礼像一个坚守战斗高地的战士一样坚守着他的追求。

然而，在那一天他感到了无奈。1999 年，天津火车站进行整顿，所有商亭一律被拆除。望着转眼工夫被拆成一堆垃圾的"白芳礼支教公司"，老人哭了。他老了，腿脚没劲了，以后还指望用什么挣钱给孩子们读书呢？

那年冬天，老人蜷缩在车站附近一个自行车棚里，硬是给人家看了3个月的自行车，每天把所得的1角、2角、1元、2元的钱整整齐齐地放在一个饭盒里，等存满500元时，他便揣上饭盒，蹬上车，顶着漫天飞舞的雪花，来到了天津耀华中学。人们看到，他的头发、胡子全白了，身上已经被雪浸湿。他向学校的老师递上饭盒里的500元钱，说了一句："我干不动了，以后可能不能再捐了，这是我最后的一笔钱……"老师们全哭了。

一颗太阳的心是不会熄灭的，白芳礼依然活在他的追求中。其后的岁月里，他播洒下的阳光裂变成一个更大的阳光的世界。

当白芳礼患病的消息传出，一批又一批学生来到了他的身边。他望着孩子们，泪水一个劲儿地流："孩子们，等我病好了，我还要蹬三轮挣钱资助你们读书！"

然而，老人再也不能实现他的愿望了。他像流星一样划过，但却让自己燃烧着，给世界留下了最后的光芒……

感恩寄语

"春蚕到死丝方尽，蜡炬成灰泪始干"，不仅仅可以用来赞美乐于奉献的教师，也同样可以用到白芳礼老人身上。他像极了春蚕，把洁白的细丝留给了世界；也像极了烛火，燃烧了自己，照亮了别人。你能想象出，一位93岁的老人，是怎样在生命最后的19年，用自己蹬三轮车和看车棚挣来的35万元，资助了300多名贫困生，而他自己的账户上却没有留下一分钱吗？有一种平凡叫伟大，有一种不平凡是伟大之中尤其伟大者，这种伟大让我们感动得心疼痛楚，感动得满面泪流！在这个物欲横流的社会，老人的无私奉献给人们点亮了一盏道德的明灯，让好多人不至于在世风日下的黑夜里迷路。他更给300多个孩子带来了世间人情的温暖，让他们拥有了健康完美的人格。"他播洒下的阳光裂变成一个更大的阳光的世界。"白芳礼老人虽然走了，但他奉献的光芒不会在我们的心中消失，因为我们抬头仰视，仍然能看到他在天堂上蹬车的身影。

孝无声，爱无休。刘芳艳背负的不仅仅是年迈的亲娘，而且是一座感恩的大山，更是恪守人伦的孝道。她用无私的孝心舞出人间的善与美，绽放出了生命的奇迹。

背着妈妈上大学

孝，潜藏着一种巨大的能量，一旦发掘，即可摄人肺腑，感天动地。

——题记

2006 年 9 月 5 日清晨，荆门职业技术学院。薄雾轻笼着校园，清寒袭人。

秋风瑟瑟吹过，树上的一片落叶随风飘舞，在空中划过一道弧线后，静静地落在路边一位正捧书晨读的女孩肩上。

女孩站起身，合上书，走回寝室，轻轻地推开门。"芳艳！"母亲杜桂兰醒来了，用一口浓重的宁夏方言轻声呼唤着，摸索着，从枕边拿出了自己的衣服。"妈，早上挺凉的，您还是多穿点。"刘芳艳从上铺的纸袋里翻出一件外套，帮母亲披上。

梳头、洗漱、煮土豆面，刘芳艳麻利地为母亲做完这些后，抱起书本，匆匆向教室赶去。

这是新学期的第一天，刘芳艳轻快地走着，脸上挂着一抹淡淡的微笑。曾经的沧桑与苦难，夹杂着轻轻的寒意扑面而来，却从她的笑容里一闪而过。

刘芳艳，荆门职业技术学院计算机绘图系的学生。谁能想到，这样一个清瘦、个头不高、面容秀丽的女孩，竟然背着盲母来上大学。她用稚嫩单薄的双肩把一个破碎的家高高撑起，更为年迈失明的母亲撑起了一片晴空！

为了病重的父亲，14 岁的小芳艳叩开了县长的家门

1985 年，刘芳艳出生于宁夏固原市隆德县下冲村。那里是名副其实的黄土高坡，恶劣的环境锻造了芳艳的坚强，可每说起父亲，她总止不住泪水涟涟。

14 岁那年，芳艳的父亲患上了食道癌，给这个一贫如洗的家一道晴天霹雳。双目失明的母亲整日以泪洗面，老实憨厚的哥哥也不知所措，年幼的芳艳感到前所未有的无助与绝望。北方的冬天冷得可怕。那天下着大雪，气温零下十多摄氏度，滴水成冰，芳艳顶着漫天飞舞的雪花，翻山越岭来到县政府。这一天，是她读书以来第一次旷课。

芳艳从没见过县长，但为了救父亲，她鼓足勇气敲响了县长办公室的门。可是，

县长不在。中午，县长还没回来，芳艳从书包里掏出冰冷的馒头，慢慢啃着，心里只有一个念头：要救父亲，我一定要等到县长！

下午下班了，县长还没来。芳艳急了，拉住一个叔叔一问，才知道王学宽县长办完事后直接回家了。

雪下得更大了，凛冽的北风刮在脸上如刀割一般，芳艳按热心人的指点，踏着积雪，深一脚浅一脚地走向县长的家。

晚上9点，她敲开了县长家的门。或许是这个弱不禁风的小女孩的拳拳孝心感动了王县长，他二话没说，便安排民政局批了1000元钱。

钱很快花光了，芳艳和哥哥只好含泪把父亲从医院拖回家。看着父亲食不下咽，枯瘦如柴，芳艳知道，父亲的日子不多了。

刘芳艳揣着借来的200元钱，请人给父亲做了口棺材。看到棺材，父亲的眼泪汹涌而出："娃，我死了，用两块木板一夹就行了，你们留点钱过日子！"芳艳哭着抓住父亲的手："爸，您没吃过一顿好饭，没穿过一件新衣，连住的房子也破破烂烂。女儿治不好您的病，只能把这个做厚实点，您到那边，就不会再挨冻受淋了。"

几个月后，父亲带着牵挂，撒手人寰。

为了失明的母亲，她携母辗转千里打工求学

父亲去世后，生活的重担压到了刘芳艳和哥哥身上。2003年9月，刘芳艳历经千难万苦，如愿考取了荆门职业技术学院。同年11月，哥哥外出打工，失去了联系。在千里之外求学的芳艳，放心不下家中年迈失明的母亲：妈妈烧火做饭时有没有烫着？山路坎坷，会不会摔着？摸不到回家的路，是不是又在外忍饿挨冻……2005年5月，芳艳从邻居的电话中得知，母亲上山拾柴时，摔得浑身是伤。放下电话，芳艳再也忍不住了，她号啕大哭："我已经失去父亲，再也不能失去母亲了。"辗转了一夜，芳艳作出一个艰难的决定：休学。

从此，芳艳背着行囊，牵着母亲，闯到天津，在一家火锅店安顿了下来。打工的日子里，芳艳一边悉心照顾母亲，一边省吃俭用赚学费，一晃八个月就过去了。

2006年2月，芳艳携母重返她日思夜想的荆门职院。学校领导得知芳艳的经历后，十分感动，为她们母女提供了一间宿舍和每月100元生活费，同时，还为芳艳安排了两份勤工俭学的工作：在校食堂端菜和清扫九间教室。

每天傍晚，是芳艳和妈妈最快乐的时光。妈妈听着芳艳洗衣服、整理房间；芳艳读书读报给妈妈听，或讲学校里发生的趣闻趣事。有时，母女俩手牵着手，在校园里散步、晒太阳……

母亲的牙齿掉光了，芳艳毫不犹豫地拿出辛苦攒下的200元钱，为母亲装上了一副假牙。从医院出来，芳艳买来一个苹果，递到母亲嘴边。母亲慢慢嚼着，品着从未吃过的苹果，开心地笑了。"是我拖累了芳艳啊！"采访时，杜桂兰抚摸着芳艳的手，叹了口气。"妈，您看看别人，上大学都难得见到妈妈，我天天可以看见您，比他们好多了！再说，您是我妈，孝顺您是天经地义的呀，我就乐意做您的'眼睛'和'拐杖'！"刘芳艳偎着妈妈，脸上盛满幸福。

鸦鹊反哺，羔羊跪乳，刘芳艳的回答亦如此简单：生我是娘！

孝无声，爱无休。刘芳艳背负的不仅仅是年迈的亲娘，而且是一座感恩的大山，更是恪守人伦的孝道。她用无私的孝心舞出人间的善与美，绽放出了生命的奇迹。

感恩寄语

在茂密的森林里，小乌鸦在妈妈的呵护下渐渐长大了。可这时，他的妈妈已经苍老了，小乌鸦想：妈妈老了，她不能照顾我了，现在是应该回报妈妈的哺育之恩的时候了。刘芳艳对于母亲的爱，就像乌鸦知道反哺一样，足够感动天地！古语云："百善孝当先。"一个十四岁的小女孩，为病重的父亲做出了惊人之举，更对双目失

明的母亲不离不弃。她一边学习，一边挑起生活的重担，一边照顾着母亲，最后，毅然决然地背起了母亲去读大学。当今，随着经济的发展，道德逐渐缺失，孝道更是江河日下，但是，刘芳艳却为所有的人树立了孝道的楷模。古人说："父母在，不远游。"但是，现在，当我们在外面打拼，或是在外面游历时，有多少年轻人能够懂得在遥远的故乡里年迈的父母那颗守候的心呢。母亲赐予了我们一切，人间爱之伟大，莫过于母爱，鸦鹊反哺，羔羊跪乳，更何况是人呢？

惩罚原来也是可以换一种方式的。惩罚的方式不同，所收到的效果就不一样。

不一样的惩罚

蒋子龙

八年前，特纳尔在一次酒后驾车时，撞死了一名叫苏珊的年轻姑娘，她还在上高中。当时他接受了一项由姑娘的父母提出的处罚：每周要给死者的父母寄一张支票，支票必须是开给苏珊的，金额只为 1 美元——不多不少，仅仅是 1 美元，而且要在以后的 18 年的每个星期五寄出。真是"黑色的星期五"哇！

特纳尔觉得自己捡了个大便宜。每周 1 美元，18 年加起来不过是 936 美元，太小意思了。苏珊家的亲戚朋友们也大惑不解，认为苏珊的父母因悲愤过度被气糊涂了。每周 1 美元是个什么数字？若想用罚款解决，就要狮子大张口，要他 900 万、9000 万也不为过，还要一次全结清。干吗要拖上 18 年？夜长梦多，拖来拖去对方赖账了怎么办？苏珊的父母却不为所动，坚持原来的条件。

八年以后，特纳尔受不了啦，不再按时寄支票。苏珊的父母又将他告上法庭。特纳尔的精神几近崩溃，他泪流满面地对巡审法官说："我实在是无法忍受了，每次填写苏珊的名字时心里都会泛起极度痛苦的罪恶感。苏珊的死还历历在目，这伤口太深了，而且每个星期都要撕开一次，后边还有漫长的十年，怎么熬啊？也许熬不到十年我就会疯了。我喜欢躺在床上胡思乱想，现在无论什么时候一躺下，就会看到苏珊正向我走来……"他要求加倍偿还，并一次全部付清罚款。

他的请求理所当然地被法庭和苏珊的父母拒绝了。法官虽然理解他的痛苦，却还是以藐视法庭罪，判他 30 天监禁。

为此感到稍许宽慰的是苏珊的父母，他们的目的就是要让特纳尔不能淡忘苏珊的死，要他牢牢记住因自己的过失给别人造成的无法弥补的痛苦。他每到寄支票的时候才会想起苏珊的死就觉得受不了啦，可苏珊的父母在八年来没有一刻忘记过自己的女儿。一个像花一样的女孩，说死就死了，轮上哪个当父母的能受得了？但是，他们也并不想要他用一生来承担那次事故的后果，所以只定了十八年。

真厉害，这无异于精神判刑。

如果当初只是罚特纳尔一大笔钱，他会因为心疼钱而觉得自己已经受到了惩罚，这容易让他心安理得，很快就会淡忘自己所闯的祸。只有经过这样的精神惩罚，他才会真正领悟到无论自己受到怎样的惩罚都无法改变所造成的恶果。

惩罚原来也是可以换一种方式的。惩罚的方式不同，所收到的效果就不一样。地球上的犯罪和过错每天都在发生，千篇一律的惩罚在不断地重复着，倘若受害者和制定法律的人在极度的痛苦和憎恨当中，仍能像苏珊的父母那样冷静地想出最适合这个人的惩处办法，对拯救这个人并防止他（或她）以后重犯同样的罪过和错误，肯定会大有裨益。

感恩寄语

特纳尔因为一次酒后驾车撞死了苏珊，苏珊的父母没有要求特纳尔一次性赔偿给他们一大笔钱，而是要求他在以后的 18 年里，每个星期五都要给他们家寄一美元，收款人竟然是苏珊。特纳尔开始还以为捡了大便宜，欣然接受。于是每到周五，他都要寄一次支票，写上苏珊的名字，每写一次，苏珊的样子都会在特纳尔的脑海中重现！特纳尔就这样坚持了八年，这八年简直就是精神判刑。终于，他感觉到精神几近崩溃了！

生活中，我们常常会犯错，知错能改，善莫大焉。但是，人往往是好了疮疤忘了疼，所以，最有力的惩罚是让他每时每刻都铭记自己的过错。文中苏珊的父母就开出了不一样的罚单，给了特纳尔十八年的精神惩罚。"惩罚原来也是可以换一种方式的。惩罚的方式不同，所收到的效果就不一样。地球上的犯罪和过错每天都在发生，千篇一律的惩罚在不断地重复着，倘若受害者和制定法律的人在极度的痛苦和憎恨当中，仍能像苏珊的父母那样冷静地想出最符合这个人的惩处办法，对拯救这个人并防止他（或她）以后重犯同样的罪过和错误，肯定会大有裨益。"虽然殊途同归，但效果肯定会大相径庭。

"在那遥远的小山村，小呀小山村，我那亲爱的妈妈，已是白发鬓鬓……"大宝流着泪水唱着，唱着，发现嫂子含着微笑慢慢地闭上了双眼……

长嫂如母

陈伟民

大宝跟小根是同一天出生的，大宝是叔叔，小根是大宝的侄子。大宝娘生下大宝的那年已45岁了，小根娘生小根的那年才25岁。先是婆婆肚子疼，被村里人急忙用拖拉机送到了乡卫生院。想不到拖拉机刚回到村里一会儿，儿媳妇又肚子疼了起来，于是村里的拖拉机又连忙将儿媳妇送到了乡卫生院。傍晚时辰，大宝娘生下了大宝，小根娘生下了小根。婆媳俩同一天同时生养孩子，这在全乡还是第一次，让乡里人觉得很有意思，也不可思议，很快就成了乡里的一大新闻。

大宝娘生下大宝后，由于年老奶水不足，大宝经常饿得哇哇地叫。小根娘正值年轻力壮的年龄，奶水十分充足，于是大宝就经常吃嫂子的奶。大宝从小就"嫌贫爱富"，"有奶便是娘"，自从吃了嫂子的奶后，就再也不肯吃自己娘的奶了。这也难怪，大宝娘的奶子干瘪瘪的，奶水也就淡而稀了。而嫂子的奶子硕大如钟，奶水浓而多，大宝当然十分喜欢吃了。

大宝不但吃嫂子的奶，还整天要嫂子抱他，晚上还要跟嫂子睡在一起。他从小就把嫂子误当做是自己的娘了。嫂子没有法，大宝是一个遗腹子，从小就没有了爹，她只能把自己的儿子小根扔到一边，抱小叔子。这一抱，这一睡，一直到小叔子大宝长到5岁。

大宝5岁时还不怎么懂事，经常喊嫂子娘，嫂子也不感到害羞，娘就娘吧！长嫂如母，这也是人之常情。直到大宝上小学后才晓得嫂子根本就不是自己的娘，但这时大宝的娘却已经因病去世了，大宝也就真正成了一个无爹无娘的孩子。嫂子也就一直把大宝这个小叔子当做自己的亲生儿子一样疼爱，一样关心照顾。家里的生活条件十分困难，这也难怪，先是公公生病，花去了不少的钱，却没有把公公从阎王爷那里拉回来；后来是婆婆有病，又花去了很多钱，还是人财两空，而且还欠下了一屁股的债。俗话说，冷是冷的风，穷是穷的债。这样的家庭不贫穷才真怪呢！不过，嫂子为了大宝的终生前途，只得省吃俭用供大宝上学。想不到祸不单行，接着，大宝的哥哥又不幸因病去世，家庭负担也就更重了。加之大宝和小根两人都在上中学，家里仅靠嫂子一个人干农活，嫂子没日没夜地在家里的责任田里劳动，人瘦得像一条虾。大宝看着，心里也就感到十分难过，他几次想辍学回家帮嫂子干农活，这样也好减轻家庭负担。可嫂子就是一千个不同意，她还抹着泪对大宝说："大宝，嫂子虽然无用，不能让你和小根两个人吃饱穿暖，但一定要让你们都能上学，这样我才能对得起九泉之下的公公婆婆和小根爹呀！只要你们俩都给我争气，好好学习，将来都能考上大学，我就是苦死累死也心甘情愿。"

大宝18岁那年终于以优异的学习成绩考上了省城的一所重点大学，而小根却因学习成绩太差而名落孙山。

大宝考上大学后，因家里实在太穷，根本就拿不出五千多块钱的学杂费，大宝不想上大学了。嫂子说什么也不肯让他失去这次上大学的机会，于是就到村里每家每户门前跪千家，磕万家头。好不容易才借到了五千多块钱，大宝上大学的学杂费才终于有了着落。

大宝临走那天，嫂子含着泪水对他说："大宝啊！你一个人在外，千万要学会自己照顾好啊！像我们这样生活困难的乡下人，不要图吃得好穿得好，只要吃饱穿暖就行了。你也千万别为家里操心，家里就是再穷，我也会想方设法让你吃饱穿暖的。还有，我们家祖祖辈辈都是种田的，没有一个当官的，如今大学毕业生国家不能包分配工作，一切都要靠自己去自谋职业，我家既没有任何后台，也没有钱来请客送礼，一切只有靠你自己去努力了。如果你的学习成绩好，自然就会有用人单位要你。嫂子是一个粗人，这些道理你应该要比嫂子懂得多，我也就不想跟你多说了。"

大宝终于跨进了大学的大门。大学四年来，嫂子吃尽了千辛万苦，饱受了中年失子的痛苦和悲伤。

原来，为了大宝的学杂费，大宝的侄子小根上山去采石，想不到在炸山时被炸死了。

嫂子听到儿子小根被炸死的消息后真是痛不欲生，可一想到正在上大学的小叔子时，她终于放弃了自杀的念头。还将儿子被炸死的消息一直瞒着大宝，她生怕影响到大宝的学习。

光阴荏苒，转眼间五年过去了，大宝大学毕业后在省城找到了一份工作，并结婚生子，有了一个幸福美满的家庭。他几次要把嫂子接到省城去住，可嫂子就是过不惯城里的生活，每次来省城只住个把月的时间就要回乡下去，她感到还是家乡好，那个小山村好。

想不到嫂子突然患上了胃癌。当大宝把她接到省城到医院里检查时，却发现已经是胃癌晚期了。

在嫂子临死的那天，大宝含着泪水对奄奄一息的嫂子说："嫂！让我给你唱一首歌，好吗？"

嫂子朝小叔子艰难地笑了笑，低声说："唱吧！我已经有好些年没听到你唱歌了，你小时候就爱唱歌。"

"在那遥远的小山村，小呀小山村，我那亲爱的妈妈，已是白发鬓鬓……"大宝流着泪水唱着，唱着，发现嫂子含着微笑慢慢地闭上了双眼……

感恩寄语

世上的母亲多么相像。她们的心始终一样。每位母亲都有着一颗极为无私的心。

大宝基于本能眷恋着如娘的嫂子，不仅是为了口腹之欲，这种原始的追寻源于对母亲的感觉。那是妈妈的味道，是被爱着的感觉。嫂子将失去父母的大宝视为己出，将真正的骨肉"扔到一边"，这份"母爱"透着无尽的怜惜与不舍。嫂子充当的角色太多了，她早已忘记自己是大宝的嫂子。她只知道她是一家之主，两个孩子的母亲。

有什么伤痛会比白发人送黑发人更令人断肠？这样的伤痛唯有大爱可以将其化解。嫂子是伟大的，她的爱无言却又那么无私。"谁言寸草心，报得三春晖。"这是献给母亲的，长嫂如母，让我们默默地为嫂子献上爱的赞歌。

老嫂比母，大宝虽然没有降生在一个富贵的家庭，但是，他这一生，嫂子就是他无与伦比的宝贵财富。嫂子用一颗无私的心，铺就了大宝一生的温暖。大宝一生都要行走在遥远的城市，但任凭怎么走，也走不出乡下嫂子的牵挂，走不出她疼爱的目光。嫂子用甘甜的乳汁把大宝喂养大，还倾注了全家的力量让大宝完成学业，她从来都没有把大宝看成是自己的兄弟，而是把他当做自己的孩子。所以，嫂子就有像母亲一样的心地，甘愿为大宝付出自己的一生。嫂子把世界上只要是母亲能扮演的角色都扮演了，大宝应该报答的是嫂子的大爱。她的爱重于泰山，让大宝一生都铭记在心。嫂子劳累一生，平凡一生，但所做的事情令人动容。为了大宝，她甚至失去了自己的儿子，这种大爱，令人荡气回肠。

越过遥远的时空，我们倾听古代猎人们的喃喃低语，看见久远以前诗人们和恋人们的幻梦重现。

初升之月的魅力

彼得·斯坦哈特　美国　曾庆强　译

我家附近有一座小山，我常常在夜间爬上去。城市的噪音变成了远远的低语。在黑暗的寂静中，我分享着蟋蟀的欢乐和鸱鸺的自信。但我来观看的是月出的话剧。因为，这使我心中重新获得了被城市过于慷慨地消耗掉的宁静与明澈。

从这座小山上，我已观看过多次的月出。每一次月出都有其独特的情调。有又大又圆、充满信心的丰收的秋月；有羞涩、朦胧的春月；有升起在浓墨般的天空那完全的宁静中的孤独、发白的冬月；有挂在干旱的田野上，被烟雾熏染的橘色的夏月。每一次月出，就像美妙的音乐一样，激动我的心弦，然后又抚慰我的心灵。

凝望月亮是一门古老的艺术。对于史前时代的猎人们来说，头顶上的月亮就像心跳一样准确无误。他们知道，每隔29天，月亮就会变得丰满圆润，光华四射，然后因生病消瘦而死去，接着又再次诞生。他们知道，逐渐丰盈的月亮在一天接一天的日落之后会显得更大，在头上的位置更高。他们知道，逐渐亏缺的月亮一夜比一夜升起得晚，直到消失在日出之中。能凭经验懂得月亮的变化模式一定是一件很深奥的事。

但我们住在户内的人，却与月亮失去了联系。路灯的闪烁和污染的灰尘像面纱一样遮住了夜空。虽然，人类已经在月球上漫步，但月亮却变得不那么熟悉了。

我们之中很少有人能说出当晚的月亮将在什么时间升起。

然而，它仍然在吸引着我们的思绪。如果我们毫无预料地突然看到一轮满月，巨大金黄，挂在地平线上，我们会茫然不知所措，只能凝眸回望它那端庄的仪容。

而对那些凝望者，月亮是会有所赐予的。

我懂得月亮的赐予是在一个七月的晚上，在山上。我的汽车的发动机神秘地熄了火，我被困在那里，孤身一人。太阳已经落山了，我注视着东面，在一道山脊的那一边有一团明亮的橘黄色的光，看上去像林中的篝火。突然间，那道山脊本身似乎猛地燃烧了起来。接着，那又大又红的月亮，由于夏日大气中的灰尘和水汽它变得形状怪诞。

就这样，由于被大地灼热的气息所歪曲，月亮看起来性格乖戾，残缺不全。附近农舍的狗都神经质地吠叫起来，似乎这种怪异的光唤醒了树林中邪恶的精灵。但是，当月亮脱离山脊而升起时，它聚集了越来越多的坚定性和权威感。它的面色变化着，从红色变成橘色，然后变成金色，再变成冷黄色。它似乎是从暗淡下来的大地中吸取着光明，因为，随着月亮的上升，下面的山峦和山谷变得越来越暗淡无光。当月亮脱离了地平线，胸脯丰满浑圆，带着象牙色的清辉独自挂在那里时，山谷已成了这幅景色中深深的阴影。那些狗，意识到这依然是熟悉的月亮，都停止了吠叫。突然间，我感到让我自信和一种几乎想放声大笑的欢乐。

这一幕延续了一个小时。月出是缓慢的，充满了微妙之处。要观赏它，我们必须渐渐置身于更古老、更耐心的时间观念之中。观赏月亮执著地逐渐升高就是在我们自己心中找到一种不寻常的宁静。我们的想象力渐渐意识到宇宙的广漠和大地的无垠，感到我们自身的存在是多么不可思议。我们渺小，但却享有特殊的荣幸。

月光从不向我们显示生活的任何一道坚硬的边缘。月光下，山坡看起来如丝织银铸，海洋则显得静谧、幽蓝。在月光中，我们变得不再那样斤斤计较，而更被我们的感情所吸引。

在这样的时刻，往往会发生一些奇迹。在那个七月之夜，我观赏了一两个小时的月亮，然后回到汽车中，转动点火器的钥匙，接着便听见发动机开动了起来，正像几小时前熄火时一样神秘。我驱车下山，肩上浴着月光，心中充满了宁静。

我常常回到初升之月的身边，特别是当各种事务把悠闲和梦幻的清晰挤到我生活的一个小小的角落中去时，我更受到强烈的吸引。这种情况在秋天经常发生。于是我就到我的小山上去，等待那猎人的月亮，巨大、金黄的月亮升起在地平线上，使夜充满梦幻。

一只鸱鸮从山岭之巅猝然扑下，无声无息，但明亮如焰。一只蟋蟀在草丛中尖声吟唱。我想起诗人和音乐家，想起贝多芬的《月光奏鸣曲》，想起莎士比亚在《威尼斯商人》中创作的罗兰佐说道："月光睡眠在这岸上何等美妙！让我们在这里坐下，让音乐之声轻轻注入我们耳中。"我思索着，他们的诗句与音乐是否像蟋蟀的乐曲一样，在某种意义上正是月亮的噪音。带着这样的思绪，我那城市生活所引起的茫然迷乱全部融化在夜的安谧之中。

恋人们和诗人们在夜里找到更深刻的含义。我们也都会情不自禁地提出更深刻的问题——关于我们的起源、我们的命运。我们沉溺在谜之中，而不是那统治着白昼世界的没有人情味的几何。我们变成了哲学家和神秘主义者。

在月亮升起时，当我们按照天空的速度减缓我们大脑的节奏时，魔力就悄悄地笼罩了我们。我们打开感情的阀门，使我们大脑中那些在白昼里被理智锁住的部分驱动起来。越过遥远的时空，我们倾听古代猎人们的喃喃低语，看见久远以前诗人们和恋人们的幻梦重现。

感恩寄语

中国传统文化中的"天人合一"思想使古代文人学者对自然中的山水、草木、风花、雪月等十分亲近。"月"以特有的魅力备受文人们的青睐，因此，成为千百年来被歌咏的"长青树"。从"无言独上西楼"，到"杨柳岸晓风残月，月如钩"；从"床前明月光"，到"举杯邀明月"；从"月是故乡明"，到"千里共婵娟"……只要你打开古香古色的古典诗歌，就能看到多情的月亮。不同的国家，不同的民族，虽然存在着文化上的差异，但是，人类的情感是一致的，面对着同样的月亮，都会发出诸多感悟。因为，它是人类的情感载体。月亮只不过是客观的天体，它从最初的残缺不全到最终圆满的自信和勇气，直至冲出束缚它的地平线，不过是几分钟时间，但就是这短暂的几分钟，带给了人们无穷的震撼和无限的遐想。它的魅力谁也无法抗拒，它赐给我们宁静、安详、朦胧、诗意，给我们无穷的精神愉悦。人月融为一体，人的灵魂得以洗涤。

我们想，人生中充满了爱，然而当我们问问自己和别人——谁有多少时间在爱，却原来是那么少！请看，我们也是多么懒惰啊！

大地的眼睛

米·普里什文　俄罗斯

有这样的情况，某人在积雪很深的雪地里穿过，结果他并不是白费力气。另一个人怀着感激之情顺着他的脚印走过去，然后是第三个，第四个……于是那里已经可以看到一条新的小路了。就这样，由于一个人，整整一冬就有了一条冬季的道路。

可是有时候一个人走过去了，脚印白白留在那儿，再没有任何人追随他走过，于是紧贴地面吹过的暴风雪掩盖了它，什么痕迹也没有留下。

世界上我们所有的人命运都是这样的：往往是同样劳动，运气却各不相同。

向自己提出的问题

不知为什么我们好像觉得，如果是鸟，那么它们就多半在飞；如果是扁角鹿或老虎，那么它们就在不停地跑跳。实际上，鸟是停着的时候比飞的时候多；老虎懒得很；扁角鹿常常吃草，只是嘴唇在动。

人也是这样。我们想，人生中充满了爱，然而当我们问问自己和别人——谁有多少时间在爱，却原来是那么少！请看，我们也是多么懒惰啊！

思想的诞生

在我漫长的一生中，有多少小小的子弹和霰弹落到了我的身上，不知从哪儿飞来，击中我的心灵，于是给我留下许多弹伤。而当我的生命已近暮年，这些数不尽的伤口开始愈合了。

在那曾经受伤的地方，就生长出思想来。

紫红色的斑点

太阳落向一些白桦树的后面，白桦树却仿佛在向白云——春天里呈积云状的白云伸展。树林里一棵松树被太阳涂上一块紫红色的斑点，太阳正在下落，斑点却渐渐升高，渐渐熄灭。

我望着这块斑点，同时想着我自己：我也应该这样——有朝一日是要熄灭的，不过一定要在上升的时候。

神秘的地方

爱——这是一个神秘的地方，我们每个人都是坐在自己的船上驶向那里，在自己的船上我们每个人都是船长，而且是用自己个人的方法驾驶它。

以防万一前进，当然啦，前进，不过在生活中我们每个人总会遗失什么东西，而不得不返回去找寻。

所以，急于前进的时候，为了以防万一，我们将记住已经走过的路。

没有朋友

有一种欢乐，不需要任何旁的人，独自个儿就感到完全浸沉在欢乐之中。还有一种欢乐，却希望一定要和别人分享，如果没有朋友，不知怎的，这欢乐就不成其为欢乐，甚至会化为忧愁。

黎明之前

森林里最黑暗的时候并不是午夜，而是在破晓之前。"多么暗啊！"有人会说。

而另一个人抬起头来，回答说："暗吗？这就是说，不久就要天亮了。"

在霞光中

霞光在空中燃烧，你自己，当然，也在霞光中燃烧，千百种声音在霞光中汇合在一起，为的是赞美生活，燃烧，烧尽。但有一个轻微的声音，或者不如说是悄声耳语，不大同意和大家一起燃烧。

我的朋友，你不要去听这恶毒的悄声耳语，为生活而高兴吧，为了生活而表示你的谢意吧，也像我这样，和所有的霞光一起燃烧吧！

小 溪

海洋是伟大的，然而在森林里或沙漠的绿洲里，小溪却在完成着同样伟大的事业，小溪在沙地上奔流，在大河面前毫不畏缩，一刻也不停顿，而且是以平等的身份，像兄弟那样，愉快地汇合到一起，因为现在它还是一条小溪，可是眼看着它自己也要成为海洋了。

基洛夫地下铁道写的是"入口"，人们却从那儿走出来；写的是"出口"，人们却蜂拥地进去。不，朋友，写着的并不总是正确的，把你自己的智慧加到所写的东西上，是有好处的。

我的忠告就是弯曲的钉子，也能把它弄直，只是以后敲打它的时候需要格外小心，因为在那个脆弱的地方它还会弯曲。

人有时也会受尽折磨，弄得他精神那么颓丧，意志那么消沉，因此对待他需要极端小心谨慎。

光和阴影

一切都竭力追求光，然而如果把光一下子给予一切，那就不会有生命了。云用自己的阴影遮住阳光，人们也是这样用自己的阴影互相遮蔽着，这阴影来自我们自己，我们用它来保护自己的孩子，遮住他们还受不了的光。

我们是暖是寒——太阳才不管我们的事，它晒啊，晒啊，毫不照顾我们的生活。这是地球在旋转，有时用这一面，有时用另一面对着太阳，用自己的阴影遮蔽着我们……我们的生命多亏了阴影，地球的阴影，但生活却是这样安排的——一切有生命的东西都在追求光。

欢乐与痛苦

大家都知道应当忘记痛苦，但很少有人懂得，一切成功和幸福固然应当欢迎，应当接受，而把成就放入自己的仓库后，也要尽快地忘记。

欢乐与痛苦都应当忘记，要记住的只是永远前进的思想。

生活的能工巧匠

有的人在维护规则和方法的斗争中献出生命和自己的幸福，有的人则为了寻求幸福同一切习惯作斗争。

有这样一种能工巧匠：为人的双手锻造钢铁，把锁挂在人的嘴上。于是，人们把自己的镣铐称为习惯。

也有一种能工巧匠，他们善于打破人们的习惯。

美德的拐杖

一个人一定要坚强，不然的话，恶者喜欢弱者、善者，会把他们当做自己的拐杖。所以必须记住：真正的恶行是跛脚的，永远用美德拐杖行路。

笑的大师

假如你想笑出眼泪，笑痛肚子，笑倒在地，还是经常笑自己吧，因为一切行为都有隐秘可笑的一面……但我们不会笑自己——这是办不到的。这里只有一个办法：在别人身上发现自己可笑之处，把它展示出来，看着它哈哈大笑。

明与暗

我发觉我的小说的核心是明与暗的哲学；我现在懂得一切事物都有明处，每样事物都有暗处。

例如人脸便是明暗相争的结果，因为没有暗处，只有明处，人脸就不成其为脸，而是一张饼了。没有光明，一切都会淹没在黑暗之中。

感恩寄语

世上本没有路，走的人多了也便成了路。如果没有人继续走，那么即使成路的地方，也终将被湮没！思想也是如此，只有被延续的思想，才能够长久流传！黎明之前是最黑暗的，但是只要忍过这段时间，就会看到光明！万事万物都是相互依靠的，生命注定是此消彼长的一个过程！

我们必须学会坚强，只有坚强，才能够取得最终的成功。每种事物都是一分为二的，把好的和坏的分清楚，我们才能够进步。积少成多，积善成德，积勤奋努力以获成功。如果你的心中有阳光，那么即使你身处黑暗，遇到再大的挫折，你也一样可以闯过去，迎向初升的朝阳！

第二辑　给陌生人依偎的肩膀

　　现代社会中，由于生活节奏的加快，人们越来越浮躁，没有耐心去和大自然交流，也没有耐心和别人沟通，生活中的快乐离我们越来越远。我们总认为：我们之所以不快乐，是因为太忙碌，却从来没有想过，我们对待生活的态度。

那位老人向出租车走去时，向我挥了挥手。"嗨！"我叫道，他转过身。"你说得对，"我说，"是个阳光明媚的早晨。"

等待生活

阿尔·马丁内斯　美国　李玫　译

我是一个没有耐心的人，我要求和我交往的人也必须雷厉风行，不然的话，我就不高兴。我从不错过时间，约会从不迟到，上帝帮助了每一个在超级市场排队算账时想要插到我面前的人。

我这样谈自己的不耐心，也许你可以想象，当我碰上了交通阻塞时，是个什么样子了。这事发生在南佛罗里达州靠近我的家乡的山路上，一位年轻人在防栅旁拦住了我，告诉我可能要耽搁半个小时。"为什么要耽搁？"我问。"因为路被挖开了，"他回答说，"我们在装水管。""见他的鬼吧，排水管。"我说，情绪马上低落了。

他耸耸肩："那你就绕过去吧。"

我觉得他的话也有些道理。我还不太清楚这个坑的情况，但是我相信我不会掉进坑去的。

接下来的五分钟是在烦乱中度过的：文件在我的手提箱里，收音机和一些东西在工具袋里，我把所有的东西拿出来又放回去，然后长嘘短叹地盯着窗外。

不一会儿，在我的车后停了一大串汽车，司机们纷纷下车。看来那小伙子的主意不是个坏主意，我该试试，总比坐着干等强。

就在这时，一个年龄比较大的人走过来，说："真是个阳光明媚的早晨。"他穿着工装裤，花格子衬衫，像是开出租车的。

我看看四周，远处朦胧的溪流从圣·莫尼克大山上流下来，银灰色的水线接着蓝天，是个开阔清爽的秋天的大自然。"不错。"我说。"下大雨的时候，瀑布就从那边流下来。"他指着一块凹进去的断崖接着说，我想起我好像也见过洪水从那块断崖上倾泻下来，在山脚激起很高的水花。我很可能只是急急忙忙地经过这里时匆匆地看了一眼。

一位年轻姑娘从车上走下来问道："有上山的路吗？"老人大笑着说："有几百条，我在这里已经22年了，还没有走完所有的路。"我想起这附近有个公园，里面有一块很凉爽的地方。在一个炎热的夏日里，我曾经在里面散步。"你看到那只山狗了吗?"一个穿着大衣打着领带的年轻人叫起来，吸引了那位女士的注意力，"在那里!""我看见了。"她突然大叫起来。

　　年轻人兴奋地说:"冬天快来了，它们一定在贮存食物。"

　　司机们都跑了出来，站在路边看。有些人拿出照相机拍照，耽搁变成了愉快的事。我记得上次洪水暴发的时候，道路被淹没，电灯线被破坏。我的邻居们，有些聚在一起议论纷纷，有的点上灯笼一起喝酒聊天，还有的就一起烤东西吃。

　　是什么把我们聚在一起了呢? 要不是风在呼啸，洪水暴发，或交通阻塞，我们怎么会把时间分配在这里而和人交谈呢? 这时，一个声音从栅栏那边传过来:"好了，道路畅通了!"我看了看表，55 分钟过去了。我简直不敢相信，耽搁了 55 分钟，我竟然没有急得发疯。

　　汽车发动起来了。我看见那位年轻姑娘，正把一张名片递给那位打领带的小伙子。也许他们将来还会在一起散步。

　　那位老人向出租车走去时，向我挥了挥手。"嗨!"我叫道，他转过身。"你说得对，”我说，“是个阳光明媚的早晨。”

感恩寄语

现代社会中，由于生活节奏的加快，人们越来越浮躁，没有耐心去和大自然交流，也没有耐心和别人沟通，生活中的快乐离我们越来越远。我们总认为：我们之所以不快乐，是因为太忙碌，却从来没有想过，我们对待生活的态度。

然而一天清晨，一位老人对晨光的赞美吸引了“我”的注意力，“我”几乎忘记了自己是一个吝惜时间的人。等待的过程，竟没有让“我”急得发疯。

“我”从不会为了工作之外的事而牺牲一分一秒，而这些被“我”视作生命的东西就在一群路人的笑声中淡去。

等待本身其实就是一种对生活的态度，一种对生活的选择。而从前，我不肯等待，不肯停留，为此错过了生活中许多美好的东西。等待也是美好的，它会让你发现生活里曾经错过的美好。

一位村妇伸手抱起了男婴，没想到的是，男婴身底下整齐地放着一个布袋。打开一看，里面是老人收藏好的甜酥瓜种子……

低洼田里的老人

老人是村里的木匠，记不清做了多少年木工活儿，只是走遍全村每家每户几乎都能看到出自老人之手的精美家具。听说，老人年轻时娶过老婆，可惜后来因难产死了，连同肚子里的香火种子。后来，老人再也没有续娶。

时光飞逝，老人真的老了，再也没有力气干那些锯木刨板的重活了。于是，老人想到去侍弄村北边的一片荒芜的低洼田。

老人将要住进低洼田里的小草屋了。送行时，村里人简直不敢相信——真正属于老人的家产只有一口油亮亮的寿材！看热闹的孩子们好奇地缠着大人问，那个大木盒子是什么玩意儿？大人们直说了，老木匠死后睡的。孩子们看到这个神秘而可怕的寿材，一个个拔腿跑开了。

不久，孩子们上学下学或者割草玩耍走过低洼田上的拦水坝时，准会看到湿润润的新泥垅以及老人佝偻的身影和他的一架摇摇晃晃的脚踩水车。

老人总是热情地招呼孩子们进他的草屋，但孩子们一想到他的那口寿材就却步了。后来孩子们之所以一反常态一个个争先恐后地跑进老人的草屋，是因为老人从低洼田里收获了一大堆豆子，然后在土灶上炒得香飘四方诱人垂涎。这时，老人笃悠悠倚着他的寿材坐下，笑哈哈地把豆子分给孩子们，要是来兴致，还会讲个稀奇古怪的故事。孩子们就常常忘了时间，总是赖在草屋里，老人的寿材也成了他们玩捉迷藏游戏时的隐蔽物。

拦水坝外的河水慢慢涨高了，低洼田里的积水也多了起来，老人就不停地趴在脚踩水车上排水。可是老人枯瘦的筋骨里终究没有多少力气了，踩着，踩着，就气喘得不成，无奈，眼帘一闭趴在水车上睡着了。

老人又有办法了，水车扒档上挂上一袋子香喷喷的熏青豆。孩子们放学走过时自然嘴馋了。老人说，谁替我踩水车，熏青豆就给谁吃。这一招果然奏效，孩子们顿时欢呼雀跃，一个个小猴子似的快捷地往水车上爬。看着混浊的积水一屏一屏从低洼田里排出来，绿油油的枝叶快活地摇晃在暖风里，老人不禁侧过脸去老顽童似的偷偷地笑。

从老人那里获得充饥解馋的瓜豆，成了孩子们一天中最快乐的事。可是，不知从哪天起，老人不再如往日那样慷慨了，甚至有些吝啬。

孩子们终于撒野了，尤其是那个绰号叫泥鳅的顽皮鬼，更是"胆大妄为"。一个星期天中午，乘老人草屋里没有丝毫动静之机，在泥鳅的带领下，七八个孩子迎着微风中送过来的一阵阵甜香气，蹑手蹑脚地闯进了瓜垅。哇，一个脑袋样硕大的甜酥瓜静静地躺在稻草上。害怕与歉疚终于管不住深深的诱惑，泥鳅迅速上前去把那个大甜酥瓜摘了下来，接着孩子们好像一群饿狼崽见了猎物，把掰得支离破碎的甜酥瓜塞进咂巴咂巴的小馋嘴里。

小死鬼，那是我选留的瓜种！老人的吼声突然从草丛里传出来，孩子们这才知道闯大祸了，纷纷沿着低洼田的土埂逃散开去。

或许是老人没力气追赶了，他坐在草屋背后的土墩上对孩子们大喊，吃了瓜无所谓，可得替我把瓜子收着！孩子们毕竟有些懂事了，一个个停下了脚步。

当老人俯身，去土埂边小心翼翼地捡瓜子时，孩子们似乎听到了几声稚嫩而微弱的哭声。奇怪，这低洼田里怎么会有婴孩呢？没错，转眼间老人已经抱着一个襁褓，在草屋檐下轻轻颠颤着、呢哝着。后来才知道，前些天老人去镇上卖瓜，在街边的垃圾堆旁捡到了一个嗷嗷待哺的男婴。

从此，孩子们再走过低洼田上的拦水坝时，就会看到老人把最新鲜甜美的瓜豆送到男婴嘴边，总有几个调皮鬼会用泼水、掷泥疙瘩等方式去惹烦那男婴。老人见了，照例会大吼："小死鬼！"言语里有不可言喻的宽恕与亲热。

老人喜滋滋地把男婴搋到拦水坝上，叫他学着喊哥哥姐姐，末了，总会闪着憧憬的目光对孩子们说，再过几年就让男婴跟你们一起上学。孩子们扑哧扑哧笑开了，因为那男婴才小萝卜样一个。可是老人听不出孩子们笑声里藏着的几分揶揄，只顾无比幸福地把他的心思塞给懵懂一片的男婴。

拦水坝外的河水涨得更高了。老人就日夜不停地踩着水车。孩子们上学放学或割草玩耍走过拦水坝时，会不声不响地爬上水车，使出越发熟练的技巧噼噼啪啪地把水车踩得飞快，老人就点一管旱烟，惬意而慈祥地歇着。最后，老人照例从水车扒档上取下香气扑鼻的炒豆奖给孩子们，只是孩子们不再像以前那样丝毫不掩饰馋意了，一个个说过谢后才恭敬地接过老人的奖励。

那一场疯狂肆虐的暴雨一定是夜深人静时袭来的。难怪孩子们从噩梦中醒来时才知道村里乱作一团。

孩子们蹚着没膝深的洪水跟着大人来到村北头的岸边一看，惊呆了。浊波荡漾的低洼地上空晃动着黑黝黝的草屋脊顶、几枝绿色蔫蔫的树梢，老人那口油亮亮的寿材正像小船一样随风飘荡……

呜啦啦——全村男女老少顿时号啕痛哭，撕心裂肺般地呼喊着老人和他的男婴！不，在孩子们的眼里还有老人草屋里香甜诱人的瓜豆！

孩子们含着眼泪默默地凝望着老人的寿材慢慢地随风飘来。

是男婴的哭声！孩子一声惊叫。大人们打断说，别痴心妄想了，如此突如其来的大洪水，最硬的命也是保不住的。

真的，你们听！孩子越发真切地大叫起来。

老人的寿材很快飘到了村岸边。人们迅速掀开盖板一看，里面果然躺着老人领养的那个男婴，惊恐的脸蛋儿上挂着满满的泪痕。

一位村妇伸手抱起了男婴，没想到的是，男婴身底下整齐地放着一个布袋。打开一看，里面是老人收藏好的甜酥瓜种子……

孩子们哭得更伤心了！

感恩寄语

人，都是在希望中活着的，就像低洼地里的老人，年轻的时候，他走乡串户地给人家做木工，身后留下的是一件件精美的家具，家具的主人一声声赞美的言辞就是他活着的价值所在，他没有什么过高的生活要求，赞美声就像酒壶里的二两老酒，让他美滋滋地喝个够。当他老得再也做不了木工活时，他到了那个低洼的水田里，那些孩子们惦记着的甜瓜就是他每一年的希望，这种希望虽然低到了尘埃里，但是，却让老人的生命每天都注入新的内容。其实，生命，本来就是平平淡淡普普通通的，一场疯狂肆虐的暴雨，让他的生命出现了令人炫目的彩虹。为了让生命得以延续，他选择了另外一个生命，这个生命就是他的希望，即使生命为此而终结，他也用行动诠释了自己生命的价值。

每个人，无论是处于顺境还是困境，都应该怀揣着希望，只有希望才能点燃生命的火种，只要有希望，就能让平凡的生命拥有创造不平凡的动力。

书籍可以使枯燥乏味的岁月化为令人愉快的时日，书籍将各种信念注入我们的脑海，使我们的脑海充满崇高欢乐的思想，从而使我们入神忘情，灵魂升华。

读书的乐趣

约翰·卢保克 英国 少波 译

书籍对于整个人类的关系，好比记忆对于个人的关系。书籍记述了人类的历史，记录了所有的新发现，记载了古今历代所积累的知识和经验。书籍给我们描绘了自然界的奇观壮景，千姿万态，书籍指引我们渡过难关，书籍能安慰我们的心灵，使我们摆脱悲哀和痛苦的羁绊；书籍可以使枯燥乏味的岁月化为令人愉快的时日，书籍将各种信念注入我们的脑海，使我们的脑海充满崇高欢乐的思想，从而使我们入神忘情，灵魂升华。

有一个东方故事，叙述了两个不同命运的人所做的梦。其中一个是国王，另一个是乞丐。国王每天夜里梦见自己成了乞丐，而乞丐则夜夜梦见自己成了王子，住在宫殿里。我不敢说这位国王愚蠢可笑，因为有时候想象的世界比现实生活更生动，更吸引人。不管怎样，只要我们愿意，我们在书籍的世界里不但可以变成国王，而且，还可以浪迹万水千山，遍游天下的名胜之最。这种旅游既不使人疲倦，又无交通不便之处，也无须花钱破费。

在那些无所不有的巨富之中，有许多人都说，他们一生中最纯洁的幸福，主要来源于书籍。阿斯查姆（英国作家）在《校长》一书中讲了一个感人的故事，叙述他最后一次拜访简·格雷夫人的情景。那天，他碰上她坐在一个凸窗上，正在阅读柏拉图（古希腊哲学家）写的有关苏格拉底（古希腊哲学家）之死的一篇精彩的文章。当时，她父母亲都在花园里游猎，猎犬追奔，吠声越窗而入。阿斯查姆见格雷夫人不陪父母游猎，竟独自凭窗读书，惊讶不已。可是她却满不在乎地说："他们在花园里得到的全部快乐，远远不及我在柏拉图的书里享受的快乐。"

马考雷（英国历史学家兼政治家）曾经权位显赫，家财万贯，名驰遐迩。然而，他在自传里却这样写道，他一生中最幸福的时光，都是在书本里度过的。他曾经给一位小姑娘回了一封娓娓动听的信，里面有这样一句话："承蒙馈赠惠书，谨致谢意。我一向乐意成全小姑娘的幸福。最使我欣慰的莫过于看见她喜爱书籍，因为当她到了我这般年纪，她会懂得，书籍比任何馅饼、蛋糕、玩具和世上的一切风景名胜更有价值，即使有人提出，只要我不再读书，就可成为历史上最伟大的国王，身居王宫，享受珍馐佳酒，拥有车马万乘，华服贵饰，侍卫随从，前呼后拥，我也决不答应。我宁愿做一个穷汉子，挤在一间窄小却富有藏书的阁楼里，也不愿当不好读书的国王。"

书籍为我们建立起一座完整的、光怪陆离的思想之宫，这是千真万确的。让·保罗·理治特（德国作家）曾经说过："从艺术女神居住的巴拿斯山峰上所看到的风光要比坐在王位上所看到的宏伟壮阔得多。"从某种意义上说来，书籍所赋予我们的思想比现实生活所赋予我们的更加生动活泼，正如倒影里面反映出来的山石花卉常常要比真实的山石花卉更加多姿迷人一样。"一切都成了镜子，"乔治·麦克唐纳（英国著名作家）曾经说过，"即便是最平淡无奇的房子，一旦我从镜面里去欣赏时，也要变得富有诗意了。"

书籍在我们日常生活中所赋予我们的规劝和慰藉，质同金玉，价值无量。我们读书时，有如同最高尚的先哲们携手共游，飞越无数迷人的仙境和神奇的国土。

冬日，当我们坐在炉旁烤火时，无须动步，就可以借助书籍，走到天涯海角，或者飞上天国，在那里受到斯宾塞（英国诗人）笔下那群美丽仙姑的欢迎，还可以听到弥尔顿（英国诗人）笔下那群天使们围绕我们高唱乐园赞美诗。科学、艺术、文学、哲学——总之，人类思想所发掘的一切，人类劳动所创造的一切，千百代人用苦难的代价换来的一切经验，所有这一切，都在书籍的世界里等待我们。

（注：本文作者约翰·卢保克，系英国19世纪末和20世纪初的银行家、政治家、科学家。）

感恩寄语

我国明代的民族英雄于谦曾写下这样一句诗："书卷多情似故人，晨昏忧乐每相亲。"书籍是先人留给我们的无价财富，取之不尽，用之不竭。先人总结他们的智慧集结成书，记述了人类的历史，记载了人类探索和发现的过程，让我们了解世界，认知历史，把握未来。

每当我们手捧着书的时候，我们正和文明亲密地交谈。书籍使我们觉悟，让我们的灵魂得以净化！先人对于善恶是非早就有了明确的概念，这些都是我们后世应该效仿的楷模。

知识可以让我们像国王一样富有，没有知识我们会像乞丐一样贫穷。格雷夫人会为了读书放弃和父母出去游玩，她在书中得到的快乐远远超过了玩乐时的快乐。马考雷虽然一生富有，家道显赫，但是他认为他一生中最大的财富是书籍。名人们用他们自己的行动告诉我们，读书才是人生中最有意义的事。因为精神财富远远高于物质财富。只有读书才能提升你的灵魂。

书籍是人类世界永恒的财富，只有它才会把我们的文明推向巅峰！

"我现在要的不多。"男孩说,"只要一个安静,可以坐着休息的地方。我好累好累。"

奉献的树

谢尔·西弗斯汀 美国

从前有一棵树,她好爱一个小男孩。每天男孩都会跑来,收集她的叶子,把叶子编成皇冠,扮起森林里的国王。男孩会爬上树干,抓住树枝荡秋千,吃吃苹果,玩累了,男孩就在她的树荫下睡觉。他们还会一起捉迷藏。男孩好爱这棵树……好爱喔!树好快乐!

日子一天天过去,男孩长大了。有一天,男孩来到树下,树说:"来啊,孩子,爬上我的树干,抓着我的树枝荡秋千,吃吃苹果,在我的树荫下玩耍,快快乐乐的!"

"我不是小孩子了,我不要爬树和玩耍。"男孩说,"我要买东西来玩,我要钱,你可以给我一些钱吗?"

"真抱歉,"树说,"我没有钱,我只有树叶和苹果。孩子,拿着我的苹果到城里去卖吧,这样,你就会有钱。"于是男孩爬到树上,摘下她的苹果,把苹果通通带走了。树好快乐。男孩好久都没有再来……树好伤心。一天,男孩回来了,一脸愁容,树很惊讶,问男孩:"有什么不快乐的事吗?"男孩说:"我想要一幢房子,你可以给我一幢房子吗?"

"我没有房子。"树说,"森林就是我的房子,不过,你可以砍下我的树枝,去盖房子,这样你就会快乐了。"于是男孩砍下了她的树枝,把树枝带走去盖房子。树好快乐。但是从那以后男孩很久也没有回来,树很孤单、难过。

一个夏天,男孩回来了,树太快乐了,快乐得几乎说不出话来。"来啊,孩子,"她轻轻地说,"过来,来玩呀!"

"我又老又伤心,玩不动了,"男孩说,"我想要一条船,让它带我离开这里。你可以给我一条船吗?"

"砍下我的树干去造条船吧!"树说,"这样你就可以远航,你会快乐。"于是男孩砍下了她的树干,造了条船,坐船走了,很久都没有回来。树好快乐……但不是真的。过了好久好久，男孩又回来了。"我很抱歉，孩子。"树说，"我已经没有东西可以给你了，我的苹果没了。"

"我的牙齿也咬不动苹果了。"

"我的树枝没了。你不能在上面荡秋千了……"

"我太老了，不能在上面荡秋千。"男孩说。

"我的树干没了，"树说，"你也不能爬上来了。"

"我太老了，爬不动的。"男孩说。

"我真希望还能给你点什么，可是我什么也没了。我只剩下一个老树墩。我很抱歉……"

"我现在要的不多。"男孩说，"只要一个安静，可以坐着休息的地方。我好累好累。"

"好啊。"树一边说，一边挺直身体。"正好啊，老树墩最适合坐下来休息了。来啊！孩子，坐下来，坐下来休息。"

男孩坐了下来，树好快乐。

感恩寄语

这是一则寓言，讲述了一棵树和一个小男孩的故事。小的时候，树给男孩提供了玩耍的地方，把结出的苹果给他吃，用自己的枝条给他遮荫。树很快乐。男孩成年了，树把自己的躯体都奉献给了男孩。树感到快乐。直到树只剩下一个树墩时，仍然给他作了歇息的板凳。树觉得始终很快乐。树奉献了自己的一生，从自己枝繁叶茂，果实累累，到自己躯体用尽，一无所有，但它却始终陪伴着，奉献着并快乐着。可见，真正的快乐在于给予，而不是索取！付出，是和你的快乐成正比的。强烈的占有欲只能使自己深深地陷入欲望的泥淖而不能自拔，当自己的欲望满足不了的时候，你始终被痛苦的毒蛇舔舐着。在生活中，很多人都在默默地奉献着，环卫工人用他们手中的扫帚扫出了大家的快乐，乘务员用他们的微笑感染了大家的快乐，教师用他们的知识开启了孩子们快乐，奉献本身就是快乐。

在飞机上。因为您开飞机走了，而我坐在一颗星星上。接着我就想您，一直在想。所以我一定得过来看看您究竟是否还在这儿。

父　爱

勃·洛芬宁根　挪威　唐若水　译

我周围，依然是漆黑一片的夜，这时，门"吱"地一声被推开了。溜进屋的一丝光亮照在一双穿着睡裤的细腿上。有人正在鸭绒被下小心地摸索，接着一只小手悄悄伸了过来。

"爸爸，"一声低唤似从远处传来，"爸爸，您醒了吗？"

"不知道。"我睡意朦胧地咕哝着。不过，我还是感到了夜色在渐渐消融。黑黑的夜。有时，心中会腾起一阵对未来的忧虑。

"爸爸，您是我的朋友，对吗？"

"那还用说！"我打着呵欠，感到既快乐又恼人。

"爸爸，您知道刚才我梦见了什么吗？"

"不知道。"

"我梦见我们都坐在我们的纸飞机上，飞过屋脊，飞到遥远的海上。天很黑，只见星星在闪光。但我一点也不怕，因为您跟我在一块。爸爸，您也怕过吗？"

"当然怕过。"

"很怕、很怕么？"

"很怕、很怕。"

"我也很怕呀——当我们坐在那飞机上时——哦，不，不在那时，而在之后。"

"当我醒来时——那时，我才很怕、很怕！"

"你怕什么？"

"我怕您不在床上了。"

"我当然在床上。我还能去哪里呢？"

"在飞机上。因为您开飞机走了，而我坐在一颗星星上。接着我就想您，一直在想。所以我一定得过来看看您究竟是否还在这儿。"

"看，我就在这儿，那只是一个梦罢了。"

"爸爸，您在床上还能呆多久？"

"呆不长了，我可不能整天老呆在床上呀！"

"为什么？"

"你知道，我——"

"不行。因为您说过我们是朋友。是朋友就不能分开！得永远在一块！"

"我懂，可爸爸还得去上班呀。"

"不！"

"你也还得去幼儿园哩。"

"我不去！"

"当然你要去！想一想吧，在幼儿园里你有那么多好玩的东西，还有那么多好朋友，对么？"

"不错，倒有些朋友，不过，世界上我只有一个最好的朋友！"

"你指的是我吧？"

"是喽！爸爸，还记得去年夏天我们一块去乡下？那时我们倒是从早到晚一直在一起，是么？"

"没错。"

"真希望一直如此——因为那时候您不像现在这么忙。记得我们找不到的那支箭吗？"

"但我们发现了两只小松鼠，它们紧紧地靠在一起躺着。"

"它们也是朋友，对么？"

"是的，它们肯定是朋友。"

"让我紧靠着您躺一会吧，爸爸，只躺一小会。"

"行，小鬼，上床吧！"

"爸爸，把我抱紧——这样我才感到我们是朋友。好，真好。爸爸，给我念点什么吧，只念一会儿。"

"可惜时间不多。现在几点了？"

"表有啥用！朋友是从来不看表的——不必去上班、开会，也不必去幼儿园或上牙医那儿去。"

"那么，你认为朋友们该干些什么事呢？"

"在树顶上盖房。爬上绳梯，把食物和覆盆子酱抬到树上去吃，还有鱼呢。轮换着读故事。爸爸，您能给我念上一会《三个强盗》么？"

"行啊，不过不能从头到尾了，好吗？"

"呱呱叫！爸爸，今天在办公室里，您能再为我做几只纸飞机吗？"

"我想可以的。"

"爸爸，他们会生气吗？"

"谁？"

"办公室里您的同事们。"

"不，不会生气。他们只会惊讶地瞅瞅。"

"问他们想不想试坐一下飞机！您可以将飞机开到窗外去！这样，他们也会愿意跟您交朋友啦！"

"真是好主意！"

"现在我想上幼儿园去了，爸爸，因为当我回家来时，您也会马上到家的。是吗？"

"当然喽。我不会叫你久等的。"

"爸爸，想一想那些没有朋友的人吧。"

"我眼下正在想哩，朋友！去把那本书拿来吧，起床前我们可以读上两页。"

"轰轰！我是一架飞机！世界上飞得最快的飞机！轰轰！"

爸爸的朋友张开穿着睡衣的双臂，就像飞机伸出短短的机翼似的，他奔进另一个房间。一会儿，他带着那书回来了。清晨，两个好友头靠着头，就像夏天的那两只小松鼠一样。"三个强盗偷偷开始行动了……"此时此刻，世上所有的钟表都停住不走了。

❀ 感恩寄语

很多时候，我们无法透过父亲的严肃面容理解到他内心的真实想法，但并不影响我们依赖他，敬重他，有时又对他敬而远之，对他矛盾着，想自立而又离不开，因为更多的时候，比起母亲他都沉默不语。所以，父爱，就像一首无言的赞歌，给我们巨大的支持与鼓励，父爱，是一首无声的音乐，给予我们精神的调教与熏陶。而当我们犯下过错的时候，往往给予的又是他最温柔的理解，善解人意的话语如一盏盏明灯，在每个路口为我们照亮前面的道路。父亲的爱，就像是一座大厦，当风雨来临，你可以躲进他的胸膛而安然无恙。你还可把他看作朋友，向他吐露心中的不快和怅惘，让我们的身心在健康快乐中成长。

文中的一对父子之间充满着浓浓的亲情，父子两个人头靠着头在一起读童话，一问一答，提问的和回答的仿佛就是一对天真无邪的小朋友，多么温馨的画面呀，也是世间最有爱意的画面，在这里，父爱就是一篇童话，让孩子生活在一个童话世界里。

使我最难忘的是每当这双手抓着我的肩膀，我就感到一股特殊的温暖。这双手几乎能干一切活。然而，只在一件事上，这双手令人失望了：它永远没学会写字。

父亲的手

加尔文·渥星顿　美国

父亲的手粗壮、有力，能不费力气地修剪果树，也能把一匹不驯服的骡子稳稳地套进挽具。他这双手还能灵巧、精确地画一个正方形。使我最难忘的是每当这双手抓着我的肩膀，我就感到一股特殊的温暖。这双手几乎能干一切活。然而，只在一件事上，这双手令人失望了：它永远没学会写字。

父亲是个文盲。美国的文盲人数现在已经逐渐减少了。但是，只要还有一个文盲，我就会想到我的父亲，想到他那双不会写字的手和这双手给他带来的痛苦。

父亲6岁时，开始在小学一年级读书。那时，课上答错一题，手掌上就要挨十下打。不知什么原因，父亲那淡色头发下面的脑袋怎么也装不进课上讲的数字、图形或要背的课文。在学校才待了几个月，我爷爷就领他回家了，让他留在农场干成年男人干的农活。

若干年后，只受过四年教育的母亲试图教父亲识字。又过了若干年，我用一双小手握着他的一只大拳头，教他写自己的名字。开始，父亲倒是甘心忍受这种磨炼，但不久，他就变得烦躁起来。他活动一下指头和手掌，说他已经练够了，要自己一人到外边散散步。

终于，一天夜里，他以为没人看见，就拿出他儿子小学二年级的课本，准备下工夫学些单字。但是，不一会儿，父亲不得不放弃了。他趴在书上痛哭道："耶稣——耶稣，我甚至连毛孩子的课本都读不了？"打那以后，无论人们怎么劝他学习，都不能使他坐在笔和纸面前了。父亲当过农场主、修路工和工厂工人。干活时，他那双手从未使他失望过。他脑子好使，有一股要干好活的超人意志。第二次世界大战时，他在一家造船厂当管道安装工，安装巨型军舰里复杂、重要的零件。由于他工作劲头大、效率高，他的上司指望提拔他。然而，由于他未能通过合格考试而落空了。他脑子里可以想象出通到船的关键部位的条条管道；同时，他的手指可以在蓝图上找出一条条线路。他能清楚地回忆出管道上的每一个拐角、转弯。然而，他却什么都读不懂、写不出。

造船厂倒闭后，他到一家棉纺织厂工作。他夜里在那儿上班，白天抽出些睡觉时间来管理自己的农场。棉纺织厂倒闭后，他每天上午到外头找工作，晚上对我母亲说："通不过考试的人，他们就是不要。"

最后，他在另一家棉纺织厂找到了工作。我们搬进了城。父亲总是不习惯城里生活，他那双蓝眼睛褪色了，脸颊上的皮肤有些松弛了。但是那双手还是很有劲。他常让我坐在他膝上，给他读《圣经》。对我的朗读，他感到很自豪。

一次，母亲去看我姨妈，父亲到食品店买水果。晚饭后，他说，他给我准备了一些意想不到的水果。我听到他在厨房里撬铁皮罐头的声音。然后，屋里一片寂静。我走到门口，看见他手拿着空罐头，嘴里咕哝道："这上的画太像梨子了！"他走出门，坐在屋外的台阶上，默不作声。我进屋看到罐头上写着"大白土豆罐头"。但是那上面画的的确像梨，难怪父亲把它当梨买来了。

几年后，妈妈去世了。我劝父亲来和我们一起住，他不肯。他的身体越来越差了，因为轻微的心脏病发作，他常常住医院。老格林医生每星期都来看他，给他进行治疗。医生给了他一瓶硝酸甘油片。万一他心脏病发作，让他把药片放在舌头底部。

我最后一次见到父亲时，他那双又大又温暖的手放在我的两个孩子的肩上。那天晚上，我们全家乘飞机离开父亲到新城市里居住。三个星期后，他心脏病发作与世长辞了。

我只身一人回来参加葬礼。格林医生说他很难过。实际上，他觉得有点不可思议，因为他刚给父亲开了一瓶硝酸甘油。然而，他在父亲身上却没找到这个药瓶。

他觉得，如果父亲用了这药，大概还能等到急救医生的到来。

在小教堂举行葬礼的前一小时，我不由自主地来到父亲的花园门口。一个邻居就在这儿发现了他。我感到十分悲痛，蹲下身，看着父亲生前劳动过的地方。我的手无目的地挖着泥土时，碰到一块砖头。我把砖头翻出来，扔到一边。这时，跳入我眼帘的是一只被扭歪、砸坏、摔进松土里的塑料药瓶。

我手里拿着这瓶硝酸甘油片，眼前浮现出这样一幕情景：父亲拼命想拧开这个瓶盖，但拧不开；他在绝望中，企图用砖头砸开这个塑料瓶。我感到极端痛苦，知道父亲至死也没能拧开这个药瓶。因为药瓶盖上写着："防止小孩拧开——按下去，左拧，拔"。目不识丁的父亲看不懂这一切。

尽管我知道这样做是完全不理智的，但我还是进城买了一支金笔和一本皮革包的袖珍字典。在向父亲遗体告别时，我把这两件东西放在他手里，这双曾经温暖、灵巧、能干，但永远没学会写字的手。

感恩寄语

　　父亲一生不会写字，在生活中吃尽了作为文盲的苦头，尤其因为不会认字，没有人肯任用他，即使勉强被任用，但因为没有文化，也只能做一些体力活，好几次错过了升迁的机会。但是，那双不会写字的手，却粗壮有力，做生活中的一切工作都游刃有余，能极其灵巧地画出一个正方形，也能把自己和孩子的生活打理得非常美好，让生活充满了种种乐趣。父亲也并不是没有努力过，但依然改变不了这个巨大的遗憾。因为不认字，去超市买东西，能错把土豆罐头当做梨罐头买回来，也许这样的事情不止一次地发生过，我并不觉得有什么可笑，只是从心底涌起莫名的忧伤，对父亲没能接受教育感到深深地遗憾。父亲最终还是死于他的一双不会写字的手上，因为他不知道怎么打开那只能救命的药瓶。父亲在痛苦中失去了生命，也给我留下了终生的遗憾。父亲的一双手，让我感觉到了他的温暖，也寄予了我深深的哀痛和惋惜。

有时候，你尽可什么也不拿出来，只要默默地，亮出你的肩膀，一个在尊严中活着的人，就得到了最好的依靠。

给陌生人依偎的肩膀

好像好多次了，我都收到来自山西某镇煤矿的信件。我不知道写信的是谁，因为他给我的信件从来不留姓名。我也不知道他为什么给我写信，因为在他的信中除了谈煤矿的生活，很少涉及我。然而可以推测到的是，他该是我的一个读者朋友，因为他在信中提到去镇上唯一的书报亭买杂志的细节。或许，他在某本杂志上看到了我的文章，并在文章后得到了我的地址，于是就有了他的来信。

那该是一个不大的煤矿，下井的条件并不好，也处处充满着危险。他经常提到巷道深处的寂寞和黑暗，还有冰冷的石头以及不温暖的煤炭。冬天的时候，常常是在井下干得浑身衣服湿透，然后一出井口，衣服便硬挺挺地附着在身上；再下井的时候，还是这身衣服，再凉冰冰地穿着下到井下去。生活是艰苦的，然而更贫乏的是精神生活。从初中毕业辍学打工后，他一直保持着看书的习惯，仅有的几本书几乎都翻烂了。矿工们常常聚在一起胡侃一些荤段子，他不愿听，就独自一个人坐在工棚后边的山梁上，望着对面的大山发愣。我很想写信安慰安慰他。那年高考落榜，我曾经在大同打过工，我知道一个读书人在那种境地里的落寞、无助和内心的荒凉。然而，我不知道怎样联系他，因为他没有留下姓名。难道他只是需要这样一个单程的倾诉，把内心的一切郁闷、烦扰、落寞全部写出来，交给我看。或者，他只是把自己的内心交给一棵树，一块石头，一朵飘逝的云彩，一阵淡然的风，然后以信的形式寄出去，寄给树，寄给石头，寄给云彩，寄给风，而我，只是一个辗转者！

然而，我还是想写封信给他。因为在这样的一个年龄段里，在人生最重要的路口上，需要有人帮他一把，否则他会少了奋进的勇气，极有可能被生活磨掉了锐气，而最终落入平庸的境地，像他周围的人一样。有一次，我试着拨打了他所在地区的114台，查到那家煤矿的电话，我稀里糊涂地说了半天要找的人，事实上我根本说不清楚，他似乎也没有听清楚，嘟囔了一句，就"啪"的一声，把电话给挂了。这唯一的希望也断了。

后来，好久的一段时间，也没有他的信。我以为我们的缘分就此结束了，我想他也许流落到了另一个不知名的地方去了，也许正应了我的某种预料，他连写信的心思也没了，被浑浊的生活完全地吞没了。然而，沉默了一个月后，我又收到了他的信件。他在信中说，这一段时间，他和领班的闹了意见，差一点儿打了架，矿上说不想要他了，周围的矿工也嫌他不合群。他说："矿上不收留我，我收留我；谁都不要我的时候，我也要我。"他还在信中谈道："有一次矿上接到了一个河北的长途电话，说要找一个写信的年轻人，我没告诉他写信的人就是我。但是我猜想那个打电话的人该是你，我也希望是你。你知道吗？那一天，我很激动。其实，我一直没有什么奢望，我只是希望你收到信的时候，认真读就是了。我很希望能有一个像你一样的哥哥，给你写信，就是在我孤单的时候，想象着依偎在你的肩膀旁边，然后，静静地让你听着一个头发蓬乱的弟弟，一点一点地诉说遭遇。"

——哦，亲爱的弟弟。这一封信，你才让我彻底地弄清了事情的原委。让我高兴的是，你并不缺乏坚强，你说谁都不要你的时候，你也要你。这让我很放心，我也希望天底下所有像你一样在困难中挣扎的人，都有着这样一份坚强。

这一封信，你让我明白了，静静地去倾听别人的诉说，有时候也能给孤单无依的人以依偎的肩膀，我才知道了，有一种帮助，其实需要的并不多。

有时候，你尽可什么也不拿出来，只要默默地，亮出你的肩膀，一个在尊严中活着的人，就得到了最好的依靠。

感恩寄语

故事是有些悬念的，像小说的有意识的谋篇布局，让人觉得多少有了点阴谋的味道，看到最后，才明白，那是一种倾诉和倾听的过程。倾诉来自一个煤矿的年轻人，确切地说是个高考落榜的年轻人，因为有了自己的思想，所以和那些矿工们就有了不同的声音，因为声音的不同，也就显得高处不胜寒。因为自己的孤独，才采取了这样一种奇特的方式来给自己的存在找到一块坚实的踏板。他需要一种精神上的依靠，即使这种依靠看起来那么虚无飘渺，但是心中的倾诉恰是通过文字给自己的心灵砌了一道牢固的墙，任何打击都无法将它摧毁，至于收信的人有没有只言片语的回音并不重要，只要心里坚信，依靠就会存在。

人，是需要坚强的，坚强到"矿上不收留我，我收留我；谁都不要我的时候，我也要我"的程度，就可以战胜一切苦难。处于困境的人，其实最希望获得的就是精神的支持与鼓励，我们也许并没有更大的能力提供很多物质上的帮助，但只要从精神上给予倾听的援助就足够了。

过去我爱马尔克姆，现在我仍然爱他。生活绝不会一帆风顺，伤痕不能改变人的品德。

患难朋友

菲力浦·扬西　英国　赵振伦　译

1971 年 10 月 1 日，炎热的夏天刚刚结束，一对年轻英俊的加拿大人来到哥伦比亚的格兰西尔国家公园，打算一起攀登六千七百英尺高的巴鲁·帕斯山，在这里度过甜蜜愉快的假日。男的叫马尔克姆·艾斯皮斯莱特，19 岁，女的叫拜波·贝克，18 岁。他们一路顺利爬上顶峰，不料老天阴错阳差，突然下了一场雪，把两人困在山上。没办法，他们只好躲进小窝棚里过了一夜。

第二天上午 9 点多钟，雪停了，这对年轻人立即开始野游。拜波脚上穿着时髦的高筒靴，踩在融雪结成的冰面上不住地闪着趔趄。

山上有条小道约三英里长，顺着小溪蜿蜒伸向山下，一个小时后，两人沿着小路来到山腰，在此停住脚步，靠着被山风吹积而成的雪墙休息了一会儿。

太阳出来了，照在身上暖洋洋的，他们只穿汗衫，把脱下的外衣系在腰上。不远处有条瀑布，携着融化的冰雪，哗哗啦啦地唱着跳着顺着山势飞流直下。两人跑到水边，撩起凉森森的清水打了一阵水仗，而后双双重登旅途，马尔克姆在前领路。

沿着小路走了约莫一百多米，马尔克姆猛地刹住脚步，右方 20 米处，两头小熊正在山塘旁边嬉戏玩耍。他们昨天从望远镜里看见过一头母熊带着两头小熊，不过隔得很远，当时只觉着有趣，并不怎么害怕。可是现在说不定就有一头母熊，弄不好就是昨天见过的那头大灰熊，隐蔽在山梁后面的那片桤树林里呢。

马尔克姆一动不动地站着，心里暗暗盘算该怎样应付眼前的情况。如果不惊动它们，也许能溜之大吉。他刚要抬脚迈出第一步，一头母熊呼地从山梁那面扑过来，同时发出刺耳的尖叫和咆哮。灰白色的皮毛在阳光的照耀下油光闪亮，脊背上耸起一座特有的肉峰。拜波知道是碰上了灰熊，别的野兽像这么大的个头没有能跑这么快的。拜波正想到这里，马尔克姆以闪电般的动作一把将她搌倒在一道雪墙之下。

扑上来的灰熊张开了血盆大口，喷吐着腥膻的唾沫，发出阵阵短促的咆哮。眼看就要扑上来了，在这千钧一发之际，他学着鸭子扎猛，向下一蹲，躲过了狗熊的冲撞，但是却挨了重重的一下。

　　他昏了过去。醒来抬头一看，发现自己已经被抛出十英尺以外的地方。狗熊撵上了拜波，正站在她的腿上要撕咬她的脖子，她趴在雪地里一动不动。马尔克姆本能地从腰里拔出猎刀，大喝一声，毫不犹豫地冲上去——时间已经不允许他再有丝毫犹豫。母熊直立起来有七英尺高，比他重六百多磅。他跳到狗熊后背上，狗熊纹丝不动。

　　马尔克姆听到狗熊牙齿发出咔吱咔吱的声响，他怒不可遏，用尽全身力气，狠狠地把猎刀捅进狗熊的脖子，又蹬住狗熊肥厚的脊梁向上爬了爬，攥紧刀柄，使劲一豁。"扑"，烫人的鲜血喷洒出来，狗熊发出震耳欲聋的嚎叫，朝后猛一摆头，匕首脱手飞出，刺伤了马尔克姆的手腕。

　　这时，狂暴已极的母熊开始全力对付马尔克姆，它伸出两只巨大的熊掌，把他死死抱住。血的腥气和熊身上的膻臊熏得他直想呕吐。两只大熊掌凶狠地拍打着他的身体。第一掌就像摘假发套似的撕去了他的头发，连头皮也活脱脱全都扒得一干二净。

　　继而狗熊又抱住他，一块朝山下滚去，一直滚到沟底。狗熊露出钉耙似的牙齿一次次地啃他的脸，弯下腰撕咬他的脖子和肩膀。马尔克姆用拳头有气无力地捶打着狗熊的鼻子，然而无济于事。

　　事情到了这步田地，马尔克姆也就闭上了眼睛，不再挣扎。他心想：完了，全完了。说来让人难以相信，狗熊见他不动弹，忽然大发慈悲，嘴下留情，拍拍他，抓起泥土和枯枝盖在他身上，摇摇晃晃地走开了。

　　马尔克姆起初不敢相信自己还活着。他的身子一半在水里一半在岸上。除了手腕痛得揪心，别的地方倒没觉着怎么样。他慢慢地挣扎出水塘，用微弱的声音喊着："拜波，你不要紧吧？"

　　拜波害怕狗熊还在附近，没敢回答。她爬到沟边，先看见一团鲜血淋漓的头发，之后又发现了马尔克姆。他的脸部血肉模糊难以辨认，右边的脸皮整个朝后掀过去，肌肉全部裸露在外，一只眼球吊在眼眶外面。她大喊一声："马尔克姆，坚持住，我去找人！"说完把外衣扔给他，拔脚朝山下的旅馆跑去。

　　马尔克姆静静地躺了一会儿，他很想察看一下身上的伤势：手腕已经不能动弹，肯定是断了；一只膝盖脱臼；用舌头舔舔，嘴里靠前的牙齿全都没有了。一只眼睛还勉强能看见东西，但是却不敢看，因为他看见自己的脸皮软软地垂耷下来。他希望这场生死搏斗根本不曾发生，仅仅是一场噩梦。

马尔克姆倚着一截树桩坐了一个半小时，救护人员赶到出事现场，马尔克姆仍很镇静地说："我很好，就是肚子有点饿。"他的好友高迪赶来后不禁倒吸一口冷气，一个毫无血色的白生生的头髅赫然映入他的眼帘。急救站的医生迅速用纱布包好他的头部和腿上被狗熊咬烂的地方，用无线电召来直升飞机，把他送到利佛尔斯托克的维多利亚女王医院。

手术进行了七个小时，医生们在他身上缝了一千多针。"给他修脸简直就是玩拼板游戏。"一个医生事后这样说。

后来，马尔克姆转到了家乡艾德蒙顿的一家医院里。头几个星期他处在绝对镇静的状态之中，几乎丧失了记忆力，身上共植皮41处。

顽强的生命终于开始复苏。医生保证他将安然无恙。圣诞节前的一天，护士为他换纱布，他趁护士暂时走开的时候艰难地挪到浴室的镜子前面，刚刚向镜子里瞥了一眼就几乎晕了过去：医生用胳膊上的肌肉为他安上了假鼻子，又把腿上的皮贴在脸上；没有头发，满脸疮疤。他一连几个星期拒不见人。拜波的来信积成了堆，他也不再理睬。

但是拜波并不气馁，她一直按时给马尔克姆写信。

圣诞节以后，拜波千里迢迢赶到了医院，马尔克姆的内心受到了不小的震动。两人隔着纱布推心置腹地做了长谈。马尔克姆很固执，可是拜波比他更拗。马尔克姆心想，也许她真爱我。

一月，一封催婚的情书飞来，驱散了他心中的阴云。二月，在这次不幸事件五个月后，一个步履蹒跚，体质孱弱，一脸疤痕的人在福特·兰格利火车站下了火车，一位姑娘笑容满面地急步迎上去。几天之后，一对年轻人来到珠宝店，男的为女的买了一枚结婚戒指，姑娘悲喜交集，完全被爱情陶醉了。1973年7月21日，两人举行了婚礼。

马尔克姆舍己救人的事迹不胫而走，很快传遍了加拿大和欧洲。伦敦皇家人文协会授予他斯坦霍普金质奖章，加拿大政府授予他英敢之星勋章，并由政府出钱，请这对年轻人赴渥太华，在首都度蜜月。隆重的婚礼上，前来进行国事访问的英国女王亲手把这枚勋章授给了马尔克姆。哥伦比亚卫生部把2035美元赠给他作医疗费用。

今天，夫妻两人居住在雪雷，马尔克姆开饮食店，拜波做行政工作。他们相敬如宾，美满和睦。

有人经常问拜波，她嫁给马尔克姆是否迫于道义的压力，她回答说："过去我爱马尔克姆，现在我仍然爱他。生活绝不会一帆风顺，伤痕不能改变人的品德。

🌸感恩寄语

　　马尔克姆和拜波这一对年轻人一起攀登六千七百英尺高的巴鲁·帕斯山，想在这里度过甜蜜愉快的假日。但是，在登山的途中遇上了灰熊的袭击，马尔克姆为了保护拜波而身受重伤，最终毁容，惨不忍睹。但是，拜波并没有因为朋友的容貌而放弃两人之间的爱情，而是坚持而固执地和马尔克姆结婚，并且相敬如宾，甜蜜美好。爱情，在这两个人身上经受住了命运的考验。而且，让他们经营得更加绚丽多彩。可见，苦难，并不是爱情的鸿沟。在真爱面前，它是黏合剂，更能牢牢地加固爱情的城堡，患难与共，才道出了最本质的爱情，有一种爱情叫奉献，有一种爱情叫给予，有一种爱情叫生死与共，我们不会以他或她的容貌为判断爱情的标准，外在的东西都会随着岁月的流逝而消失得无影无踪，唯有灵魂，唯有高尚的灵魂才能岁月越老，越纯洁。

第三辑　面临选择

　　人在成长的岁月里，会遇到各种各样的选择，在每一个人生路口你都拥有好多种选择，但你只拥有一次抉择的机会，一次就足够决定你的命运。

任何人为了个人利益而放弃了自己的原则，戴上面具，就得听从它指挥，明白吗？不可能有第三种情形！

假 面 具

列·纳乌莫夫　俄罗斯

　　我生来就有一张死板的脸。起初，我对此一点不在意，幼稚地认为，脸不起什么特殊的作用，其他方面的素质重要得多。但是，生活很快地消除了我的错误认识。

　　还在读书时，我就开始发现，不是极端需要，同班同学尽量不和我交往，好像在他们面前的不是一个活生生的同龄人，而是一片真空。课堂上，老师听完我的回答，漫不经心地点点头，从来不提另外的问题，似乎急于要极大限度地缩短同我的接触。

　　稍晚些时候，当我成为一名大学生，我爱上了我们年级的一位姑娘，开始加紧向她献殷勤。我们的约会持续了近半年，但令人吃惊的是，她突然嫁给了另外一个小伙子，在我看来，这个小伙子同样没有什么独特之处。对于我的指责，姑娘诡辩地回答说，我和他两个惊人地相似，她痛苦了很久，不知道该偏向谁，但后来看中了我的竞争对手不落俗套的耳朵，这就决定了她的选择。

　　大学毕业后，我分配了工作，工作虽不怎么样，但总算是在莫斯科。我竭尽全力要出人头地，按时完成各项任务，提出一些大胆方案，但纵然是这样，也不能引起领导对我的注意。领导常常忘记我的名字，把我和另外一个人混淆在一起，看来，他们根本无视我的存在。

　　一次，在一个春天的夜晚，我久久地研究自己的脸蛋，醒悟到抱怨任何人都是可笑的和不公平的。我的面貌全无特征可言。在任何一个办事处都可以见到这样的面孔。

　　我冷静地分析了自己的研究结果，下定决心永远放弃空幻的希望和远大的理想。

　　但，机遇特意安排我成为另外一个样子。

　　一个周末的文娱晚会上，我偷听到两个有点喝醉了的男人的谈话，此番谈话从根本上改变了我的命运。"你得到了一副新面具！"一个黑发男人哈哈大笑，声音忽高忽低地说，从外表看，他是一个有知识的人，脸上显露出才气。"你还想高升吗？

为什么？你刻意追求名誉地位会使你垮台的，你瞧着吧！""我不会完蛋，你别吓唬人！"另一个回答说。他傲慢，目光冷淡。"全都没错！"我出于好奇而蠢蠢欲动了。我等到谴责个人名利主义的那个人离开后，坐到有知识的人跟前，言过其实地赞扬起他的衣着、仪表、音容笑貌。他转眼间就上钩了，开始吹嘘自己在艺术界所起的作用，有哪些熟人，有带壁炉的别墅和一辆汽车，并且如何受到妇女的垂青。我又给他升了升温，但结果适得其反。他突然号啕大哭，既而哽咽着，开始低声说，他讨厌面具，戴着面具早就失去了一切，也不可能有什么，似乎已无退路了。

　　我格外小心地从他那儿套出尽量多的信息。他向我口授地址，原来，在离谢列兹涅夫斯基澡堂不远的一个胡同里，住着一位制作各种各样面具的手工业者。此人制作的面具如此精致和逼真，以致谁也不能够将他制作的面具与真人的面孔辨别开来。随时可以摘下面具，换用另一个面具，做这件事差不多只要一瞬间，但是，绝对不容忘戴面具的事发生，否则，会导致彻底的失败。所有面具不同于化装舞会或戏剧用的面具，不是刻板不变的，是些能适应环境变换表情，出色地模仿出过人的才智和非同一般的美德，只是让面具的主人取悦于人。对于自己的产品，师傅不收费，但是，人们只要一得到面具并戴上它，就会有种失落感，的确，这种感觉很快就会消失。

　　流着眼泪和我谈话的人坦率地说出这一切之后，突然用怀疑的眼光看了我一会儿，想必有点吃惊。与一位素不相识的人怎能这样坦率地谈话。我没等到他解释，就混入众多客人中去了。

　　第二天早晨，我去寻找那间不平常的作坊。没费多大工夫就轻而易举地找到了它，看见在地下室的门上贴着一张黑色廉价的半成品面具。

　　作坊主人是一位个头不高的大胖子，像儿童读物中常见的圆面包。他很有礼貌地接待了我。"欢迎光临！"他尖声地说，"我很高兴为您效劳。您请坐！"我在一张板凳上坐下，附近放着一大堆不知名的杂物，我不知从何说起。"我了解您的困境，"师傅点点头，"我试试帮助您。我们就从就业指导开始，好吗？一生最重要的就是按意愿选择职业。从零开始永远不算晚。面具会使事情变得简单化。对现在的工作，您满意吗？""工作可没说的！"我耸耸肩，"我只是有个要求。物质上的……威望上的……高于一般水准。""您想成为心理学家吗？"他快言快语问道。"嗯——不。""做投机商人？外交家？报幕员？收买赃物者？工会基层委员会脱产主席？律师？著名女电影明星的丈夫？请您回答！""这太奇特了！"我低声含糊地说，"我的要求比较简单。""比较简单！"胖子微笑了一下，"建筑工人或矿工不需要面具。电力机车驾驶员也不需要。顺便说一下，既然不需要，我也不必为他们做什么。如果具体职业使您害怕，我可以向您提供一副卓有成就的活动家的面具。这完全不必承担什么责任，可以做愿意做的一切。""同意，"我考虑了一下，回答说。"说好啦!"他在一堆杂物中翻了一会儿，将一块软东西扔到我的膝盖上。"请你抚平料子，放在脸上。"

我按他吩咐的去做了，感到皮肤有点轻微抽搐。"好极了!"师傅笑笑，"请您拿着镜子!"我接过他递来的镜子，哎哟叫了一声。

镜子里映出一张刚毅的脸，高高的额头，一双过于自信和蛮横无礼的眼睛，一张长着两片鲜红嘴唇而富有性感的嘴和一个总是不安分的大鼻子，似乎要从空气中吸取它需要的气味。"这是什么?"我叫道，"我不喜欢!""极好的鼻子!"作坊主安慰说，"面具将会使它永远顺风。出色的事业型鼻子! 有了这样的鼻子，谁也不会没有出路!"他还给我试了几个面具。那些面具同第一个相似，但是，大概它们做得不够雅致，还是别的什么原因，戴上第一个面具，我的外表看起来过于忠诚和勤勉可靠，第二个面具掩饰不住狡猾，第三个面具让人感到精力过于充沛。"不行!"作坊主坚决地挥了挥手，"对选定的角色来说，这些面具太直率。请您选用我开头建议的那个面具，是错不了的。请您不要和鼻子争论什么，特别是在工作时。它会悄悄地说该说的话。只要面具上了您的脸，鼻子就会开始独立行动。当您要过家庭生活，参加文娱晚会，野餐和其他活动时，您得使用另外一套，您在家里试戴一下，您就会弄清什么时候该戴哪种面具。一言为定吧?""我该付您多少钱?""都是一些不值钱的东西。我将换得您的个性。""我没有个性。或者说差不多没有。""只要'差不多'我就满意了。在任何人身上都会找到一点什么。祝您在新的生涯中取得成就! 请原谅，有人要来找我。""您打算拿什么作交换呢? 我不愿意白白得到它。""已经够了。再见!"在回家的路上，我脸上戴着面具，感到似乎失去了某些有价值的东西，但是很快就忘掉了这一点。

我的事业进行得很顺利。我几乎得到了以前只能幻想的一切。第一个面具的鼻子完全主宰了我，我也不和它争辩，将它与其他一些非工作场合不得不戴着的面具上的鼻子同样对待。开始，我觉得有点奇怪，我想的是一件事，说的是另一件事，而做的又是别的什么了，但是，随着时间的推移，我对此已经习以为常。

有时，当我开始考虑自己的生活，怀疑在我身上占了上风，这时，我面具上的鼻子气愤得连连喘息，要求我抛弃头脑中愚蠢的想法。

然而，有一次面具的鼻子说："任何人为了个人利益而放弃了自己的原则，戴上面具，就得听从它指挥，明白吗？不可能有第三种情形！""这意味着什么?!"我吃惊地问道。"这我就一点也不知道了！"鼻子抽搐道，"是主人这么说的。我只不过是一个面具，确切地说，只是面具的一小部分。"

🌸 感恩寄语

　　只要给脸戴上了面具，那么我们就失去了一张真实的脸，面具的阴影就严严实实地遮挡住我们的面颊。同样，只要我们给生活戴上了面具，那么生活也是处处迷蒙灰色的，我们永远看不清脸的形状，也永远失去了生活的本来内容。既然上帝给了我们真实的脸，就永远不要给它戴上沉重的枷锁。那样我们就会失去真实的自己。文中的我面貌丑陋，但开始却是生活出真实的自己，然而，欲望却改变了他的一切。虚构而来的故事，让我们非常清醒地认识到了人的虚伪，故事虽然虚构，可是生活中这样的事情比比皆是，人前人后两张面皮，做事表里不如一。在权势面前弯腰低头，在弱者面前昂头挺肚，从来不和别人开诚布公，把自己的真实想法深藏心中。其实，人与人之间要是能放下虚伪的面具，端起全意的真诚，生活应该是多么轻松。人生苦短，交往永恒，让我们用真诚来演绎精彩的人生。

任何一件小事在他的口中都可以"澎风"，而"没问题"更是他经常挂在嘴边，最爱说的一句话。

快乐的查鲁

柳时和

查鲁是个爱说大话的印度人。任何一件小事在他的口中都可以"澎风"，而"没问题"更是他经常挂在嘴边，最爱说的一句话。

查鲁个儿不高，长得黑黑丑丑的，他的职业是三轮车车夫，每天都等在我投宿的南印度马德拉斯旅馆前面。只要一看到我从旅馆出来，查鲁即使是在驾驶座上打盹儿，也要抢在别人前面踩着车过来。同时自我吹嘘一番，为了要载我，他是如何一大清早就来到了旅馆。

查鲁会跟着我，是有一次我看他拉车时咳嗽得厉害，多给了一些钱要他买药吃，没想到从此种下了祸根。从那天以后，他便把我当做主人，走到哪儿就跟到哪儿。对我来说，其貌不扬的查鲁，人前人后不离口地叫着"主人"，让我实在觉得难堪。只要一看到我，他马上就挥起挂在脖子上肮脏得不能再脏的毛巾，急急忙忙擦拭着座位要我上车。即使是到附近的邮局，我想走着去，查鲁还是嬉皮笑脸地回答："没问题，先生！"干脆告诉他，我不是有钱的大爷，没有办法天天坐三轮车，他仍是全身摇摆着，大声地回着那一句话："没问题！"

"钱不是问题，反正就是要载你，别担心嘛！"是这个意思吧！

查鲁的人生好像没有什么烦恼似的，即使一贫如洗，什么都没有，也总是能看到他开朗的笑容，这大概就是印度人所具有的纯真天性吧。

一旦坐上了他的车，他就死命按着挂在车窗旁的喇叭，随着刺耳的声音，引人侧目地奔驰在熙来攘往的人群当中。遇到前面有人挡路，不管是老人或是漂亮的小姐，都免不了遭到查鲁臭骂一番。像他这样莽撞早晚要出事的。

果然，那天在前往市区那拉达撒巴音乐厅的途中，一位拎着公事包的官员闪避不及，查鲁又鸣起喇叭，开口就骂。突然受到一个卑微三轮车夫的责骂，那官员岂有不动怒之理，出手就是一耳光，并露出凶恶的眼神狠狠瞪着车上的我。查鲁是印度种姓制度中的贱民，在阶级严格区分的印度社会中，毫无尊严可言，挨了耳光的他也只能默默承受，摸一摸发烫的脸颊。

我无法袖手旁观，跳下车拦住官员，没想到身材肥胖的官员重心站不稳，整个人往后仰，摔倒在一堆牛粪上，瞬间围观的人群越聚越多。眼看事情就要闹大，我快速地跳上车，对着查鲁喊叫：

"快闪开！"

查鲁听到我的喊叫，马上跳上车鸣着喇叭，踩踏车轮呼啸而去。到了音乐厅，一看他的脸上烙印了鲜明红肿的巴掌印，担心之余问了他是否要紧，查鲁大声地回答：

"没问题，先生！"

坐在音乐厅里，虽然听着印度传统弦乐器西塔琴悠扬的演奏，但脑海里却不断浮起正在外面广场等候的查鲁的身影。不应该骂人但挨了耳光的查鲁到底几岁了？结婚了吗？家里有什么人？突然对他有种种的好奇心，但又不能问，或许经过这件事，彼此之间可能会更加亲近，说不定像亲兄弟一样……

音乐会结束以后，走出音乐厅，查鲁似乎已经忘掉了刚才的一场风暴，整个身子蜷缩成一团，在驾驶座上打瞌睡。

回旅馆的路上，我问查鲁晚上可否跟着我一起到机场。查鲁吓了一跳，用哀伤的口吻问我是不是就要离开印度。等我解释是因为有朋友来必须去机场接机，他才破涕为笑，大声地回答：

"你的朋友就是我的朋友，当然要去接机了，没问题！"

然而后来我才知道，机场是属于其他三轮车夫的地盘，查鲁的三轮车根本不能停进机场的停车场，不小心的话可能会招惹来一顿揍。然而固执的查鲁不跟我说，把我送到机场以后，转眼不见踪影，不一会儿又匆忙地赤脚飞奔而来，当我问他为什么把车藏放在距离机场约一公里外的路边草丛时，他含糊其辞。

飞机到达了，朋友却迟迟未现身。在人群密集、空气中弥漫着咖喱味的大厅里，翘首寻人不是件易事。查鲁为了避开机场其他三轮车夫的耳目,脸庞用毛巾遮住,只露出两眼,躲在出境厅外的柱子后面,隔着玻璃窗遥遥望着我。大约经过了一个小时,忽然从外面传来嘈杂的声音,往外一瞧,查鲁不见了。刹那间,我内心忐忑不安,袭来一股不祥的预感,急忙冲到外面,只见查鲁瘫倒在地,嘴角渗出鲜红的血滴。

看热闹的人七嘴八舌地议论着。我赶紧搀扶起查鲁,问到底怎么回事,才知道原来是靠着柱子的查鲁,居然累得睡着撞到柱子而口角流血,真是令人哭笑不得。只见他一脸无事的表情,用毛巾擦一擦伤口,又脱口说出:

"没问题,先生!"

朋友终于出现了。查鲁火速将三轮车骑了过来,大方热情地与朋友打招呼,仿佛他是我在印度唯一的朋友。朋友因这突如其来的举动而吃惊,露出疑惑的表情,心想我怎么会有这样怪里怪气的印度朋友。

第二天,打算与朋友到印度南部旅行,于是托查鲁去买巴士票。在印度,火车或汽车票不好买,事先预约或购票比较保险。查鲁大声说:"没问题,全包在我身上。"我给他买车票的钱,查鲁说这一点钱自己还有,等票买来以后再拿,看来他是计划连跑路费一起算的样子。没想到说好了晚上一定把车票送到旅馆的查鲁,居然到了半夜12点都还不见人影。没有办法,第二天我们虽然一大清早就到了巴士站,但最后还是买了黄牛票,才搭到车。

这之后,我在街上碰到了查鲁。查鲁看到我,高兴地从三轮车上跳下来打招呼,但我心里还记着买车票被他放鸽子的那件事,不免很生气。查鲁这会儿又叽叽喳喳地说:"啊!对啊!对啊!买车票的事,那天塞车,所以我去晚了……"

这算什么理由?就是因为塞车,被堵在路上?查鲁赶快又解释:"啊呀!没错!没错!其实是我忘记了……"

岂有此理,当初我真是不该相信他。在气头上的我,不想理他便快步往前走,查鲁跟在后面追,还不知趣地问这次的旅行玩得可好。脸色已经相当难看的我,随便诌了三两句敷衍。这时查鲁已经跑到了前面,挡住了我的路。

"既然旅行都平安地回来了,不是没问题吗?那你为什么还在生气?为了已经过去的事还在生气,不是太冤枉,太不值得吗?"

对查鲁的没问题我已经厌烦极了,因此面无表情地推开了他,此时查鲁又说:

"一切都是在数千年以前,早就注定好的事,你让我说什么好呢?不管怎么说,我们都要接受已经发生的事实,不是吗?"

说着这些话的查鲁,仿佛是从最底层的平凡三轮车夫,一下变成了解脱人生痛苦获得正觉的高僧。

查鲁究竟是从什么地方学到这接受现实的智慧呢?长久以来我不断参加各种禅

修冥想，都无法完全彻悟真理。查鲁是怎么得到的呢？对我来说真是百思不解又有点羡慕。

离开马德拉斯的那天早晨，我约查鲁见面，除了结算我乘坐的车资以外，也算是告别吧。查鲁一听我要付车资，晃着身子又说大话了："你想给多少就给多少吧！我一点也没有关系。"

我故做认真地说："那么一卢比如何？"

"没问题，先生！"查鲁接着说："如果你觉得给一卢比能给你带来快乐的话，就那么做吧。我们已经是朋友了，不是吗？钱对你来说并不是最重要的，要紧的是你快不快乐。你觉得多少钱能让你快乐，就给我多少钱吧！我希望那是能长久带给你的真正的快乐！"

伶牙俐齿、善解人意，但时而又令人厌烦、长相丑陋的查鲁，在一无所有的贫穷生活中，那自信夸张的"没问题，先生"口气，伴随着响亮刺耳的喇叭声，奔驰在尘世中的模样，即使在离开马德拉斯许久，也挥之不去。对于已经拥有许多，却仍无法摆脱占有执著心的我，查鲁不啻是我心灵的良师。

🌸感恩寄语

你有什么样的态度，你就有什么样的生活，生活就像一面镜子，你对它哭，它就对你哭，你对它笑，它就对你笑，文中的查鲁只是一个普通的三轮车夫，因为身体单薄并没有太多的力气去蹬三轮车来维持生计，所以，生活贫困如洗，但是，他并没有因为钱挣得少而哭泣，也没有因为生活不如意而减少他对朋友的真诚回报，相反，他却拥有着快乐的心情。也许，在常人的眼里无法理解他简单的快乐。但是，查鲁知道，快乐，是一轮太阳，能驱散生活的烦恼，就像种庄稼，有阳光才有秋天的收获。同样，他用快乐播种，用阳光收获快乐。查鲁的阳光就是他最常说的一句话："没问题！"即使遇到再大的困难，也用"没问题"化解。

同时查鲁还是一个受人滴水之恩，当报涌泉的人，就因为"我"见他咳嗽而多给他几块钱，他便一直念念不忘，为了"我"，他可以挨打。其实，"我"并不是一个多么富有的人，甚至有时候连车钱都付不起，但他从不抱怨，还是一句"没问题"。所以，作者说，查鲁不啻是他心灵的良师。

这人如释重负似地叹了一口气，收拾起他的画笔和颜料。可就在他要走的时候，那位沉默之泉的姑娘轻盈地跑上前来喊道："等一下！我和你一起走。"

劳作者的伊甸园

泰戈尔　印度

这个人从来不信功利。

他不干任何一件有实用的活儿，只沉溺于奇想怪念之中。他做了几件小雕塑——男人、女人、城堡，都是些到处用贝壳点缀着的古怪的泥制小玩艺。他还画些画。于是乎他把自己的时间都浪费在这些没用的、没人要的东西上了。人们笑话他。有那么几次他也发誓要抛开自己的怪念头，然而它们到头来仍徘徊在他心中。

正如有些男孩子很少用功却照样通过考试，这人也出现了类似情况。他在无用的工作中度过了在人间的生活，死后天堂的大门却照样对他敞开。

既使在天堂里也是记有档案的。但是掌管这位先生档案的天使犯了个错误，他把这人送到劳作者的伊甸园去了。

在这个伊甸园里，什么都能找到，就是没有闲暇。

这儿的男人们说："上帝！我们简直没有一刻空闲。"女人们嘀咕："让我们继续干吧，时间正在飞逝。"所有的人异口同声："时间是宝贵的。""我们手里活儿不断。""我们利用每一分钟时间。"

而这位没做一件实用的事就度过了世上一生的新来者并没有适应劳作者伊甸园里的事务安排。他心不在焉地在大街上闲荡，挡着忙人们的道。他躺在绿茵茵的草地上，或靠近湍急的溪流，被农夫呵斥一顿。他老是碍别人的事。

每天都有一个风风火火的姑娘带着水罐，到一个沉默的瀑布那儿去汲水（沉默的瀑布，是因为在劳作者伊甸园里就连瀑布也不愿为歌唱而耗费能量），这姑娘走在路上，就像一只熟练的手在吉他弦上飞速地移动。她的头发不经意地散落下来，一缕像是爱探询的头发时时披下前额，探望她眼睛里的暗暗惊奇。

懒汉正站在溪畔。如同一位公主看到一个孤独的乞丐，这位忙碌的姑娘看到他也充满怜悯之情。"喂——"她关切地喊，"你没活儿可干吗？"

这人叹道："活儿！我没有一刻是在干活儿。"

第三辑　面临选择

63

姑娘不明白他的话，说："如果你高兴，我可以分一点活儿给你。"

这人回答："沉默之泉的姑娘啊，我现在正等着从你手里得到一些活儿呢。""你喜欢干什么样的活儿？""你可以给我一只水罐。肯分一只给我吗？"

她问："水罐？你想从瀑布汲水吗？""不。我要在你的水罐上画些图画。"

姑娘恼了。"图画？我可没工夫同你这种人浪费时间。"她走了。

不过，一个大忙人对一个什么事也不干的人还能怎样呢。每天，他们都相遇，他每天都对她说："给我一只你的水罐吧，沉默之泉的姑娘。我要在那上面画画。"最后她让步了，给了他一只水罐。他开始画起来，他画了一根又一根线条，涂了一种又一种颜色。

他完成了他的作品，姑娘拿起水罐端详起来，她的眼神是迷惑不解的。她扬起眉问："这些线条和颜色是什么意思？它们有什么用处吗？"

他笑了："没有。一幅画，它既没有含义，也不是为了什么用处。"

姑娘带着他的水罐走了。在家里，她躲开窥探的目光把水罐拿到亮光里，将它转来转去地从所有角度细看那上面的图画。夜里她摸下床点亮灯，悄悄地又细细看了一遍。在她的生活中，第一次看到了一种根本没有含义和用途的东西。

当她第二天出门去瀑布时，她那匆忙的脚步比过去稍从容些。因为一种新的感觉，一种既无含义也无用途的感觉，似乎已经在她身上苏醒。

她看到站在瀑布边上的画家，有点慌乱。她问："你需要什么？""只不过想从你手里多得到一点活儿。""你喜欢干什么样的活儿呢？""让我为你的头发系上彩色丝带吧。""为了什么？""什么也不为。"

丝带系好了，闪着光彩。劳作者伊甸园的忙碌姑娘，如今每天要花许多时间去摆弄绕着头发的丝带了。时间一分钟一分钟溜走，没有被利用。许多活儿搁下来没干完。

这下子，劳作者伊甸园里可遭殃了，过去很积极的人现在变懒散了，他们把宝贵的时间浪费在诸如绘画、雕塑之类无用的事上。长者们焦虑不安，于是召开了会议，一致认为眼下的事态在劳作者伊甸园里，迄今为止是闻所未闻的。

这时天使匆忙赶来了。他在长者面前鞠了躬，并做了坦白："我带了一个有毛病的人到这个伊甸园来，一切都是我的错。"

这人被传了来。长者们看到他那奇异的衣着，他那古怪的画笔刷，他的那些颜料，立刻都明白了：他决不是劳作者伊甸园里该有的那种人。

长者生硬地说："这里不是你这种人待的地方，你必须离开！"

这人如释重负似地叹了一口气，收拾起他的画笔和颜料。可就在他要走的时候，那位沉默之泉的姑娘轻盈地跑上前来喊道："等一下！我和你一起走。"

长者们惊讶得喘起气来：过去在这伊甸园里，还从没出过这样的事——这样一件既无含义又无用途的事！

感恩寄语

人们需要不停地劳动，同时也需要艺术，需要感悟生活中的美感。

一个没有任何功利欲望的人，在人世间按照自己的方式生活了一生，虽然在人们看来，他的一生都在做着无谓的劳动，到了天堂，他又阴差阳错地进了伊甸园，那里的劳动者也是每天不辞辛苦地工作着，他们没有一点空闲时间，甚至是连说话的工夫都没有，就连瀑布都是沉默无声的，这样地夜以继日地忙碌，不为别的，仅仅是为了有充足的伙食，日复一日，年复一年，生活枯燥乏味。但是，就是这个人的到来，唤醒了一个姑娘的内心，唤醒了她对生活中美的追求。这就是艺术的魅力。

许多人都为了生计而忙碌一生，没有闲暇来留意一下生活的风景，享受人生中处处显现的风景。一份友谊，一种亲情，一片自然，一段场景，也许，只要你细心留意，都会让我们的眼神感动。不是生活缺少美，而是缺少发现美的眼睛，哲人如是说。

第三辑 面临选择

这时，我心里就会升起一种东西，一种回忆，不是对母亲的挫折，而是对她的勇气——自强不息的回忆。

妈妈哭泣的那一幕

杰拉德·莫尔　美国

这是很久以前的一个昏暗的冬日。那天，我刚收到了一本心爱的体育杂志，一放学就兴冲冲地往家跑。家，暂时属于我一个人，爸爸上班，姐姐出门，妈妈新得到一个职业，也要过个把钟头才会回来。我径直闯进卧室，"啪"的一声打开了灯。

顿时，我被眼前的景象惊住了：母亲双手掩着脸埋在沙发里——她在哭泣。我还从未见她流过泪。

我走过去，轻轻地抚摸着她的肩膀。"妈妈，"我问道，"出什么事了？"

她深深地吸了口气，勉强露出一丝笑容。"没有，真的。没什么大不了的事。只是，我那个刚到手的工作就要丢掉。我的打字速度跟不上。"

"可您才干了三天啊，"我说，"您会成功的。"我不由地重复起她的话来。在我学习上遇到困难，或者面临着某件大事时，她曾经上百次地这样鼓励我。

"不，"她伤心地说，"没有时间了，很简单，我不能胜任。因为我，办公室里的其他人不得不做双倍的工作。"

"一定是他们让您干得太多了。"我不服气，她只看到自己的无能，我却希望发现其中有不公。然而，她太正直，我无可奈何。

"我总是对自己说，我要学什么，没有不成功的，而且，大多数时候，这话也都兑现了。可这回我办不到了。"她沮丧地说。

我说不出话来了。

我已经16岁了，可我仍然相信母亲是无所不能的。记得几年前我们卖了乡下的宅院搬进城里时，母亲决定开办一个日托幼儿园。她没受过这方面的教育。可这难不倒她，她参加了一个幼儿教育的电视课程，半年后就顺利结业，满载而归了。幼儿园很快就满员了。还有许多人办了预约登记。家长们夸她，孩子们则几乎不肯回家了。她赢得了人们的信任和爱戴。这一切在我看来都是自然而然，顺理成章的事。母亲能力很强，这不过是个小小的证明罢了。

然而，幼儿园也好，双亲后来购置的小旅馆也好，挣得的钱都供不起我和姐姐两人上大学。我正读高中。过两年就该上大学了。而姐姐则只剩三个月工夫了。时间逼人。母亲绝望地寻找挣钱的机会。父亲再也不能多做了，除了每天上班，他还经管着大约30公顷的地。

　　旅馆卖出几个月后，母亲拿回家一台旧打字机。机子有几个字母老是跳，键盘也磨得差不多了。

　　我管这东西叫"废铜烂铁"。"好点儿的我们买不起，"母亲说，"这个练练手可以了。"

　　从这天起，她每天晚上收拾完桌子，碗一洗，就躲进她那间缝纫小屋里练打字去了。缓慢的"嗒"、"嗒"、"嗒"声时常响至深夜。

　　圣诞节前夕，我听见她对父亲谈到电台有个不错的空缺。"这想来是个有意思的工作，"她说，"只是我这打字水平还够不上。""你想干，就该去试试。"父亲给她打气。

　　母亲如愿以偿。她那高兴劲儿真叫我惊异和难忘，她简直不能自制了。

　　但到星期一晚上，第一天下班回来后，她的激动就悄然而逝了。她显得那样劳累不堪，一副精疲力尽的样子。而我无动于衷，仿佛全然没有察觉。

　　第二天晚上父亲做饭。拾掇完厨房，母亲留在自己屋里继续练着。"妈妈的事都顺利吗？"我向父亲打听。"打字上还有些困难，"他说，"她需要更多的练习。我想，如果我们大家多帮她干点活，对她会有好处的。"

　　"我已经做了一大堆事了！"我顶嘴道。

　　"这我知道，"父亲心平气和地回答，"不过，你还可以再多做一点。她去工作首先是为了你能上大学读书呀！"

　　我根本不想听这些，气恼地抓起电话约了个朋友出门去了。等我回到家，整个房子都黑了，只有母亲的房门下还透着一线光亮。那"噼啪"、"噼啪"的声音在我听来似乎更缓慢了。

　　第二天，就是母亲哭泣的那一天，我当时的惊骇和狼狈恰恰表明了自己平日太不知体谅和分担母亲的苦处了。此时，挨着她坐在沙发里，我才慢慢地开始明白起来。"看来，我们每个人都是要经历几次失败的。"母亲说得很平静。但是，我能够感觉到她的苦痛，能够感觉到她的克制，她一直在努力强抑着感情的潮水。猛地，我内心里产生了某种变化，伸出双臂抱住了母亲。

　　终于，她再也把持不住自己，一头靠在我的肩上抽泣起来。我紧紧抱住她不敢说话。此时此刻，我第一次理解到母亲的天性是这样地敏感，她永远是我的母亲，然而她同时还是一个人。一个与我一样会有恐惧、痛苦和失败的人。我感到了她的苦楚，就像当我在她的怀抱里寻求慰藉时，她曾千百次地感受过我的苦闷一样。

抽泣过后，母亲平静了些。她站起身，擦去眼泪望着我，说："好了，我的孩子，就这样了。我可以是个差劲的打字员，但我不是个寄生虫，我不愿做我不能胜任的工作，明天我就去问问，是不是可以在本周末就结束掉这儿的工作，然后就离去。"

她这样做了。她的经理表示理解，并且说，和她高估了自己的打字水平一样，他也低估了这项工作的强度。他们相互理解地分了手。经理要付给她一周的工资，但她拒绝了。

时隔八天，她接受了一个纺织成品售货员的职业，工资只有电台的一半。"这是一项我能够承担的工作。"她说。

然而，在那台绿色的旧打字机上，每晚的练习仍在继续，夜间，当我经过她的房门，再听见那里传出的"噼啪"声时，思想感情已完全不同于以前了。我知道，那里面，不仅仅是一位妇女在学习打字。

两年后，我跨进大学时，母亲已经到一个酬劳较高的办公室去工作，担负起比较重要的职责了。

几年过去，我完成了学业，做了报社记者，而这时的母亲已在我们这个地方报纸担任了半年的通讯员。我学到的许多东西，母亲在困境中也同样学到了。

母亲再也没有同我谈起过她哭泣的那个下午。然而，每当我初试受挫，当我因为骄傲或沮丧想要放弃什么时，母亲当年一边卖成衣、一边学会了打字的情景便会浮现在我的眼前。由于看见了她一时的软弱，我不仅学会了尊重她的坚强，而且，自身的一些潜在的力量也被激发和开掘出来。

前不久，为给母亲62岁生日作寿，我帮着烧饭、洗刷。正忙着，母亲走来站到我身边。我忽然想到那天她搬回家来的旧打字机，便问道："那个老掉了牙的家伙哪去了？""噢，还在我那儿，"她说，"这是个纪念，你知道……那天，你终于明白了，你的母亲也是一个人。当人们意识到别人也是人的时候，事情就变得简单得多了。"

真没料到她竟知晓我那天的心理活动。我不禁为自己感到好笑了。"有时，我想您会把这台机子送给我的。"

"我要送的，不过，有个条件。"

"什么条件？"

"你永远不要修理它。这台机子几乎派不上什么用场了。但是，正因为如此，它给了我们这个家庭最可贵的帮助。"

我会心地笑了。"还有，"她说，"当你想去拥抱别人时，就去做吧，不要放弃。否则，这样的机会也许就永远失掉了。"

我一把将她抱住，心底里涌起深深的感激之情：为了此时，为了这么多年的岁月里，她所给予我的所有的欢乐时刻。"衷心地祝愿您生日愉快！"我说。

现在，那台绿色的旧打字机仍原样摆在我的办公室里。在我苦思冥想地构思一个故事，几乎要打退堂鼓时，或者每逢我怜悯自己时，我就在打字机的滚轴上卷上一页纸，像母亲当年那样，吃力地一字一字打起来。这时，我心里就会升起一种东西，一种回忆，不是对母亲的挫折，而是对她的勇气——自强不息的回忆。

感恩寄语

每个人遇到挫折的时候都会彷徨无助，即使她是一位坚强的母亲。母亲是我们最亲近的人，如果母亲遇到了麻烦，我们能为母亲做些什么呢？

"我"一直以为母亲是无所不能的，当有一天母亲因为跟不上打字速度而悲伤难过的时候，"我"仍然以为母亲是无所不能的，因而忽视了母亲的脆弱无助。但母亲并没有被困难吓倒，而是勇敢地面对困难，执著地练习打字，直到熟练为止。母亲终于战胜了困难，为自己赢得了这份成功。

我们在生活中会遇到各种各样的困难，只要端正态度，世界上就没有爬不过去的山，没有过不去的河，也没有不可战胜的困难，再执著一点，不要轻言放弃，成功一定属于你。

这就是农民，为了十几元钱愿意走 40 里的山路；这就是农民，得了一点帮助便想方设法报答。

卖竹筷的农民

那天上午，好端端地忽然下了一阵大雨。豆大的雨点落下来时，一位陌生的大叔躲进家来避雨。大叔手里提着一个编织袋，袋里装着一捆一捆的竹筷。大叔坐下后，我和他攀谈起来。

大叔住在离这里 20 里远的一个小山村，几年前，他在屋后的山坡上种了一片毛竹，现在毛竹长大了，农闲时常砍下毛竹加工成器具卖，增加些收入。一个星期前他卖了两张竹椅，昨天他把做竹椅剩下的几节竹筒削成了筷子，今天拿出来卖。村子没有公路和外面相通，20 里的山路只能靠腿走，今天早晨天蒙蒙亮他就吃了早饭赶来了。

我问："一捆筷子能卖多少钱？""一捆筷子 10 双，卖 1 块。""您这袋里有几捆？""15 捆。"为了 15 块钱，却要来回跑 40 里的山路。我说："您挣这 15 块钱真不容易呀。"大叔笑笑："可不是。不过，15 块也是钱啊，不跑连这 15 块都没有。"

看外面的雨短时间内没有停的意思，我叫妹妹拿出一把雨伞借给他。大叔接过雨伞，千恩万谢："多谢你们！多谢你们！放心，我下午回家时就还你们！"

雨下了一个多小时就停止了。午后，卖完筷子回家的大叔走进家来。他一只手拿着伞和卷成捆的编织袋，另一只手提着一塑料袋苹果，说："我母亲 75 岁了，爱吃水果，我每次出村子来都要买些回去。"大叔放下伞和编织袋，从塑料袋里拿出 4 个苹果给我们，我们怎么也不接："真的不要，我们自己有，您带回家给婆婆吃。""她吃不了那么多，我今天特意多买了一些。"大叔一脸诚恳，把苹果使劲塞给妹妹。妹妹接过苹果，又装回他的塑料袋里："让婆婆多吃几个，就算我们给她吃的吧！"大叔只好作罢，说："哎，你们真是太客气了。"

妹妹去打扫房间了，大叔和我聊了一会儿后就动身回家了。傍晚，妹妹收拾茶几，发现茶几上的报纸下放着 4 个苹果。大叔提起苹果临走时，说要再喝杯水，走到茶几前倒水，趁机悄悄把苹果留在了茶几上。

这就是农民，为了十几元钱愿意走 40 里的山路；这就是农民，得了一点帮助便想方设法报答。

🌸 感恩寄语

　　感恩，是在寻找一种心理的稳妥。大叔是一个卖竹筷的农民，为了能卖十五元钱，他需要走四十多里的山路。因为天遇大雨，"我"把雨伞借给他用，其实，"我"就提供给他那么一点帮助，换了谁，都会这样做。但是，大叔却一心一意地用四个苹果作为报答，似乎，使用雨伞和四个苹果并不存在等量上的价值，或者说，如果不是大叔的厚道和朴实的话，两者怎么也是风马牛不相及的。但是，大叔的近似迂腐的固执就是想给自己的诚挚找个表达的依托。这就是感恩的内驱力。

　　人的情感是不能失衡的，感恩恰是这种平衡的表现形式。这种形式不但能带给自己幸福，是一种心灵的慰藉，同时，也能给别人带来愉悦。"受人滴水之恩，当以涌泉相报"，因此，生活中，我们要学会感恩，只有拥有感恩之心，才能珍惜花开花落；只有拥有感恩之心，才能发觉生活处处绚丽多彩；只有拥有感恩之心，我们才能体会到生活的真正意义。

那节课，嵌在生命深处，王老师教给我的不仅仅是知识，也赐给了我战胜不幸命运的人格力量。

没读 "Lame" 的一课

胡子宏

自从两岁那年一场重病夺去了我健康的左腿后，小儿麻痹症就开始成为我生活的羁绊。等终于能够靠拐杖支撑起自己的身体走路时，我又发现，身体的不适倒在其次，我一斜一歪的姿势常常引起同学们对我有意无意的歧视。

我一天天地成长起来，我的皮肤白皙，我的双眸清澈明亮，我的笑容妩媚动人。这些都是同学们说的，可对于一个女孩子来说，有什么比缺乏健全的双腿更让人痛苦的呢？我不敢穿裙子，不敢大步地走，甚至在雨天路滑时，我还要重拾早在上小学时就扔掉的拐杖。我怎么能比得上那些四肢健全的同学们呢？

好在我是一个勤奋的女孩，我的成绩在班里乃至全年级都是第一名。但这并不能消除我的自卑和别人对我的歧视。我心灵深处常常沮丧到极点，直到初二时，一节英语课改变了我几乎一生的心情……

那节课其实是很普通的一课，当时我任班里的学习委员，每篇课文我都要预习，凭自己的勤奋，我早已将老师即将讲解的新课熟读许多遍了。可是那篇课文是讲一匹骆驼——偏偏是一匹瘸骆驼，那个 Lame（瘸子）的单词使我的心狂跳不已。我仿佛感到：自己高高的身躯偏偏摊上一条瘸瘸的左腿，就像瘸骆驼。我不敢想象：王老师带领全班同学读那个英语单词时，定会有许多同学把目光投向我这个"瘸骆驼"。我的心惊跳着，晚上睡觉前都淌出了痛苦的泪水……

令我胆战心惊的英语课终于来临了。预备铃刚刚响过，王老师就来到教室，镇定地站在讲台上，未等班长喊"起立"，王老师就说："同学们，今天要讲新课。糟了，我忘记带备课本了，还有五分钟，来得及。学习委员和课代表，麻烦你们到我宿舍好吗？把我的备课本拿来……"

我和课代表王颖出了教室，去王老师的宿舍，王老师的宿舍很乱，我们找了好大一会儿，才在一堆书本中找到了他的备课本。

在回教室的路上，我的心怦怦地跳起来。"Lame（瘸子）"，等会儿，王老师肯定要读这个单词了，那么多的同学肯定得嘲笑我。王颖拿着课本，一言不发，我们回到了教室。

王老师说了句谢谢，我们就回到座位上。我的脸火辣辣的，心狂跳不已。我记不起王老师讲了些什么，我的心在念叨着："Lame（瘸子），我是瘸子。"

王老师和同学们一遍遍地读单词，除此，教室里没有其他的声音，没有我事先想象的哄笑。我慢慢地抬起头，打量着周围的同学，大家都在专心致志地跟王老师读单词，其他什么都没发生。慢慢地，我也张开口跟王老师朗读单词了。

终于我发现，王老师没有读"Lame"，每一次他都跳过这个单词，似有意又似无意……终于，难挨的一课结束了。王老师布置了作业，像平常一样，叮嘱我和课代表及时把同学们的作业送到他的办公室。

第二天晨读课时，我的心又开始忐忑不安，晨读课上同学们都要说英语，还会有"Lame"。可是，那天晨读课，教室里静悄悄的，同学们没有一个人读英语单词和课文，没有一个人读"Lame"……

再上英语课的时候，我常常偷偷凝视王老师，他那么英俊、高大，他还那么善良，尤其是他没有读"Lame"。从此，我的英语成绩牢牢地在年级中排在第一名，我又开始穿裙子、跳皮筋了。不仅如此，我每科成绩都更加出色，甚至，在一节体育课上，我的掷铅球成绩排到了女生的第七位……

五年后，我考上了北京那所众所周知的大学。

又过了五年，在一次同学聚会上，我和丈夫遇到了也是夫妻成双的王颖。这时，我已是一所专科学校的英语教师，丈夫高大英俊，是一家化工厂的工程师。谈笑间，我们回忆起少年往事，不由得谈到了王老师，我又想到了那个"Lame"单词。王颖说："你知道吗，那节课是王老师事先安排好的，他对我讲过，你的肢体残疾了，但关键是你的心灵也受到了打击，那个单词肯定会影响你的情绪。在我们去宿舍取备课本的十分钟里，王老师领着同学们学了'Lame'，而且共同约定领读单词时不再读'Lame'，第二天晨读时也不要读英语课文……"

啊，原来如此，我的泪水哗哗地淌出来。"Lame——Lame——"，那节课的情景在我头脑中过了个遍。命运这厮，曾一度扼杀了我的活泼，我的健康，尤其是，它也一度扼杀了我健康的奋斗精神，折断我理想的翅膀。是王老师，是那节课，那节使我终身难忘的英语课，使我在征服命运时没有跌倒，使我寻回了自信心，远离了歧视和自卑的阴影。

那节课，嵌在生命深处，王老师教给我的不仅仅是知识，也赐给了我战胜不幸命运的人格力量。

感恩寄语

我们每个人从生命开始孕育那刻起，就有一位专属天使在身边。在他不小心打盹儿，一不留神没拉住你的时候，千万不要怪罪于他，因为他为了弥补自己的过错，会在你以后更长的人生道路上给你有力的支撑。

我们不敢确定王老师就是那位天使，但是他就像天使的化身，把一个胆怯的灵魂幻化成美丽的精灵。让她在多彩的人生中翩翩起舞，舞动出绚丽的光芒。带给她一段从残缺到完美的旅程。

完美源自爱，因为有爱，我们的生活才如此动人、美好。

人生有许多缺憾，文章中的"我"就是一个从小患有小儿麻痹导致腿有残疾的孩子，虽然"我"勤奋好学，虽然"我"长得也很漂亮，但是内心的自卑就像是一块顽石，固执地生长在"我"敏感的心灵，但是一节英语课改变了"我"的心态，让"我"一生心存感激。英语老师好像能够洞察"我"内心的一切，多少年后，"我"才知道那是他在上课时故意把"我"支开，不让"我"脆弱的心灵受到伤害。从此，英语老师在"我"心中不但高大英俊，更心地善良，就是他善解人意的举动，给了"我"健全的人格，让"我"的精神康复，让"我"受伤的理想重新飞翔。更像作者说的那样："使我在征服命运时没有跌倒，使我寻回了自信心，远离了歧视和自卑的阴影。"

生活中我们时常会遇到这样的情况，一个残疾人走在大街上，我不敢确定每个人都投去好奇的目光，但是，大多数的人都会有猎奇的心态，有的看一眼赶紧把目光移开，有的人就不礼貌，眼睛盯住，往死里瞅。其实，我们大可装着看不见，给他或她的缺憾做一件华丽的外衣，生活更会美不胜收。

不要让生活因为你的不负责任而白白流逝。要记住，你所有的岁月最终都会过去的，只有做出正确的选择，你才配说你已经活过了这些岁月。

面临选择

J．Couden 美国　唐润华　译

当我告诉我在绘画讲习班的老师，秋天我可能要去上艺术学校时，他只说了一句话："不管怎么样，下一个五年都要过去。"

这是什么意思呢？我不解地思索着，觉得我希望得到的鼓励成了泡影。那天晚上，灵感突然在我的脑子里闪现，我顿时明白了。不管怎么样下一个五年都要过去的；不管我做了什么，或什么也没做。在这五年结束的时候，我回首自己走过的路，可能说："我上了艺术学校，现在我比那时长进了五年。"也可能说："因为我当时没上艺术学校，现在我还是原来的样子，这些年我干了些什么呢？"

现在，每当我面临做或不做的选择时，我就对自己说，不管怎么样下一个五年都要过去的。这句话以神奇的方式使我做出明智的选择。

但是，如果不是在做或不做之间，而是在做这些还是做那些之间做出选择，那该怎么办呢？当我意识到要付上艺术学校的学费，我就得花掉我长期存下来买睡椅的钱时，就碰到了这样的问题。我与当地一个工匠达成了协议：我替他妻子画一幅肖像；与此相交换，他给我提供一份修整室内装潢的工作。"当二者都定不下时，二者都干。"一个熟人对这种情况说了一句似是而非的妙语。当我问她是去新英格兰还是去宾夕法尼亚去看秋色时，她就用这句话回答了我，当时使我莫名其妙。当我们拿出地图一看，发现从纽约往北去新英格兰，然后经宾夕法尼亚绕回来是完全可行的，而且一路都旅行在万紫千红的叶丛中。

不久，我发现自己在所有的情况下都使用这句话。我是去乡下度周末还是应邀参加城里的一个星期日午餐会呢？当二者都定不下时，二者都干。去乡下，但早些回来。我是把书念完还是去找一个工作呢？继续上学，同时也工作。这句格言的深刻涵义在于：它提醒我们，在大多数情况下，我们可以把两种选择都付诸实践，这样远比只选择一种而放弃另一种要好。

你有时是否觉得什么选择也没有？无稽之谈！你总会有选择的。你不过认为你可以做的只有一件事——这件事也几乎总是别人想做的。当你觉得束手无策时，换一个地方挖一个洞。从一个不同的角度来看问题。

　　一个年轻女人和她丈夫有一个小孩，她新寡的母亲想来跟他们一起生活。开始，女儿觉得自己不能不同意，否则太冷酷了。女儿是以旧的、惯常的方式思考的——即作为她母亲的孩子来思考的——这样就得出了旧的、惯常的答案，也就是说她不得不顺从她母亲的意愿。墨守成规往往要比铤而走险更方便。

　　但女儿后来又从一个成年人的角度看问题。她现在有了自己的生活，她估计她和母亲在管教孩子的问题上一定会有分歧。她知道她丈夫会因为岳母总待在自己家里而不愉快。于是她说了"不"，亲切但坚定地告诉母亲，对她来说，加入一个新家庭是不明智的。

在这个年轻女人的头脑深处隐藏着一种担忧，她害怕母亲会死去。她对自己的选择没有把握。但最后她母亲搬到了佛罗里达，在那儿交上了新朋友，并且又结了婚。你可以思考了又思考，权衡了再权衡，但你很少能精确地预测到你所做出的任何决定的结局。发生的一切通常都是不可预料的。你必须自己思考，并付诸行动。即便作出的决定未能如愿以偿，但采取行动能够增加采取更多行动的可能性；而什么也不做只能增加下一次有所选择的可能性，到时候你肯定又会随波逐流的。

　　随波逐流是轻松的，尤其在面临的选择是转入逆水行舟时，它可能是很有诱惑力的。可爱的斯堪的那维亚作家依莎卡·迪尼森动了手术在康复中。她会坚持写完她当时正在写的书吗？她只能平直着仰卧在地板上，通过向秘书口授写作。迪尼森真的完成了她的著作，在那之后她又写了一本。她说，经验告诉她："当你从事一项伟大而艰巨的工作时，有些事情看起来几乎是不可能的。但如果你每次干一点，每天干一点，突然这项工作自己就完成了。"

　　那些成功者，那些做出充满艰险的决定而又持之以恒的人是怎么干的呢？最有说服力的是他们向自己提出的问题：可能发生的最坏的事情是什么？

　　当我问一个人怎么有勇气离开他在纽约市一家公司那舒适的职位，而到新罕布什尔经营自己的小生意时，他回答的是一系列自问："我希望。开始我自己的生意。那样可能发生的最坏的事情是什么呢？我可能失败，可能倾家荡产。如果我倾家荡产，可能发生的最坏的事情是什么呢？我将不得不干任何我能得到的工作。那样可能发生的最坏的事情是什么呢？我又会厌恶这种工作，因为我不喜欢受雇于别人。于是，我会再找一条路子去经营我自己的生意。然后呢？第二次我将会获得成功，因为我知道如何避免失败了。"

　　对你的生活负责，就要尊重自己的意志。

　　一个80岁的朋友为了待在她的住处还是进疗养院而思虑再三。她的年龄是个事实。她每况愈下的健康也是个事实。权衡这些事实，选择安全的疗养院，该是多么明智。然而令人称绝的是，她没有理会这些事实，留在了原来的地方，一直到现在。她已经86岁了，并不需要朋友们很多的帮助，她自如地应付着一切，幸福地过着愉快的独立生活。

　　另一个老朋友则做出了相反的选择，她说："我累了。我现在需要照顾了。"她的要求得到了满足。她被供养起来，被放在床上，被挪来挪去。她现在对此厌恶了。做出选择时一定要慎重——否则你可能会自食其果的。

　　艰苦的选择，如同艰苦的实践一样，会使你全力以赴，会使你更有力量。躲避和随波逐流是很有诱惑力的，但有一天回首往事，你可能意识到：随波逐流也是一种选择——但决不是最好的一种。

你的生活不是试跑，也不是正式比赛前的准备运动。生活就是生活。不要让生活因为你的不负责任而白白流逝。要记住，你所有的岁月最终都会过去的，只有做出正确的选择，你才配说你已经活过了这些岁月。

感恩寄语

当"我"想去艺术学校学习时，"我"的老师送"我"一句话："不管怎么样，下一个五年都要过去。"这句话让"我"受益匪浅，所以，后来每当"我"面临抉择时，这句话都能让"我"做出明智的选择。当女儿的生活要面临着母亲的加入时，她非常明智地做出了不让母亲加入的选择，使得母亲获得了另外一种幸福生活。当在舒适的工作和独自冒险经商两者之间进行选择时，"我"也是权衡左右，作出了自己内心渴望的决策。

人在成长的岁月里，会遇到各种各样的选择，在每一个人生路口你都拥有好多种选择，但你只有一次抉择的机会，一次就足以决定你的命运。因此，我们需要处处小心，否则，可能会造成一步走错，步步皆输的后果。但是，即使这样，我们也不能害怕，要根据心中的意愿勇敢地作出选择；我们更不能逃避，因为机遇就隐藏在你的每一次选择中，你选择了不一定就能成功，但不选择，你一定不会成功。

他打着哈欠看了看表，掏出信封，拆开，抽出信纸，当他展开信纸的时候，一张 3 卢布的纸币轻轻飘落在他的膝上……

母亲的来信

克拉夫琴科　苏联　杨实　译

母亲来信了。

在初来城里的日子里，文卡总是焦急地等待着母亲的信，一收到信，便急不可待地拆开，贪婪地读着。半年以后，他已是没精打采地拆信了，脸上露出讥诮的冷笑——信中那老一套的内容，不消看他也早知道了。

母亲每周都寄来一封信，开头总是千篇一律："我亲爱的宝贝小文卡，早上（或晚上）好！这是妈妈在给你写信，向你亲切问好，带给你我最良好的祝愿，祝你健康幸福。我在这封短信里首先要告诉你的是，感谢上帝，我活着，身体也好，这也是你的愿望。我还急于告诉你：我日子过得挺好……"每封信的结尾也没什么区别："信快结束了，好儿子，我恳求你，我祈祷上帝，你别和坏人混在一起，别喝伏特加，要尊敬长者，好好保重自己。在这个世界上你是我唯一的亲人，要是你出了什么事，那我就肯定活不成了。信就写到这里。盼望你的回信，好儿子。吻你。你的妈妈。"

因此，文卡只读信的中间一段，一边读一边轻蔑地蹙起眉头，对妈妈的生活兴趣感到不可理解。尽写些鸡毛蒜皮的事，什么邻居的羊钻进了帕什卡·沃罗恩佐的园子里，把他的白菜全啃坏了；什么瓦莉卡·乌捷舍娃没有嫁给斯杰潘·罗什金，而嫁给了科利卡·扎米亚京；什么商店里终于运来了紧俏的小头巾——这种头巾在这里，在城里，要多少有多少。

文卡把看过的信扔进床头柜，然后就忘得一干二净，直到收到下一封母亲泪痕斑斑的来信，其中照例是恳求他看在上帝的面上写封回信。

文卡把刚收到的信塞进衣兜，穿过下班后变得喧闹的宿舍走廊，走进自己的房间。

今天发了工资。小伙子们准备上街，正忙着熨衬衫、长裤，打听谁要到哪儿去，跟谁有约会等等。

文卡故意慢吞吞地脱下衣服，洗了澡，换了衣。等同房间的人走光了以后，他锁上房门，坐到桌前。从口袋里摸出还是第一次领工资后买的记事本和圆珠笔，翻开一页空白纸，沉思起来……恰在一个钟头以前，他在回宿舍的路上遇见一位从家乡来的熟人。相互寒暄几句之后，那位老乡问了问文卡的工资和生活情况，便含着责备的意味摇着头说："你应该给母亲寄点钱去。冬天眼看就到了。家里得请人运木柴，又要劈，又要锯。你母亲只有她那一点点养老金……你是知道的。"

文卡自然是知道的。

他咬着嘴唇，在白纸上方的正中仔仔细细地写上了一个数字：126，然后由上到下画了一条垂直线，在左栏上方写上"支出"，右栏写上"数目"。他沉吟片刻，取过日历计算到预支还有多少天，然后在左栏写上：12，右栏写一个乘号和数字4，得出总数为48。接下去就写得快多了：还债——10；买裤子——30；储蓄——20；电影、跳舞等——4天，一天2卢布——8；剩余——10卢布。

文卡哼了一声。10卢布，给母亲寄去这么个数是很不像话的。村里人准会笑话。他摸了摸下巴，毅然划掉"剩余"二字，改为"零用"，心中叨咕着："等下次领到预支工资再寄吧。"

他放下圆珠笔，把记事本揣进口袋里，伸了个懒腰，想起了母亲的来信。他打着哈欠看了看表，掏出信封，拆开，抽出信纸，当他展开信纸的时候，一张3卢布的纸币轻轻飘落在他的膝上……

感恩寄语

文章的结尾实在是出人意料，当那3卢布的纸币轻轻地飘落在他的膝上时，一股感动的情怀在我们心中油然而生，母亲对儿子的担心，牵挂也随着这飘下的3卢布氤氲在我们的周围。文卡每次收到母亲的来信，都没有给她回信，而母亲是每周都必寄来一封的，并且一直盼望着儿子能及时给她哪怕只是只言片语的回音，但文卡却没能理解一个母亲的心，只是在别人责备的情况下才打算给母亲寄去些钱，但是算来算去还是未能寄出。相比之下，母亲给他寄来的3卢布倒是显得那么令人心酸。母亲处处牵挂着儿子，而儿子又能体会到多少呢？

古人说："父母在，不远游。"但是社会的发展不允许年轻人不到外面去为生计而奔波。儿行千里母担忧，这种情况下，作为儿女的，只需要多给父母打个电话，报一声平安，就能让父母放心，也只需常回家看看，就能给他们心理安慰。我们是风筝，母亲就是那个拉着线轴的人。长长的线，就是我们和母亲之间的思念。

她声音轻轻的，一下向这个人、一下向那个人道谢，一直谢到找回最后一颗珠子才停。

母亲的珠链断了

马丁·撒克思·约翰　英国

父亲死后，我们有时很缺钱用。有一次母亲为补贴家用而接受了陪伴一位老太太的职务。母亲长于朗诵，她和富裕而患有风湿病的艾芬汉夫人相处得很好。

艾芬汉夫人患了风湿病，终于不得不到一位纽约的医生那里去求医。母亲已有多年未去纽约，因此，当艾芬汉夫人要她陪同前往，并说她们要在豪华的广场旅馆逗留一个星期时，母亲无比兴奋。

她把这个消息告诉我的时候，脸上忽然有了忧愁的阴影。"我没有想到衣服，我究竟有什么衣服可穿啊？"她喘着粗气，若有所思地说，"不过如果我有一件黑衣服，配上那串珍珠，就完全可以见人了。"

我曾给过妈妈一串珍珠——一串花了三元九角八分钱买来的很好的珠子。从那时起，她总在说要买一件十分相称的黑衣服，好来佩戴这串珍珠。于是我们去了所罗门先生的店铺。很凑巧，他拿出了一件黑色衣服，看上去就像是专门为那串珠子而做的。穿在身上温文娴雅，使人想到在广场旅馆喝下午茶的意味，于是我便非常高兴地买了它。

一直到母亲从纽约平安回来以后，我才知道她和那串珍珠的特殊经历。

一天晚上，母亲和艾芬汉夫人吃过晚饭，走过广场旅馆的大厅时，那串珠子突然断了。

"哎呀！我的珍珠！"母亲一声惊呼。顷刻之间一阵轰动，有一个殷勤有礼的美国海军军官跑来帮忙，动手就捡珠子。

不料旅馆侍者的领班来了，断然把那个海军中校推开。"先生，对不起。在侦探主任未来以前，我得为此事负责。请大家避开一点，好让我们在这位太太周围画个圈，不让一颗珍珠失落。"

"噢，谢谢你！"母亲说。旅馆侍者对她这样殷勤，她实在很高兴。她声音轻轻的，一下向这个人、一下向那个人道谢，一直谢到找回最后一颗珠子才停。

"太太，您是否要我把这些珍珠封进一个信封，放在旅馆的保险箱里，到了您要把它串好的时候，再交给您？"侦探主任问她。

"那太好了！"母亲说，并心满意足地在柜子前面等候收据。

翌日，母亲上街散步，停在一家华丽首饰店的橱窗前观看。她忽然想起这正好是重新串起珠子的地方。这一定是命运替她安排的，使她刚好来到此地。

她走进店里，一个身穿燕尾服、高个子的男人迎上来接待她。"我有一串珍珠散了，你们能在一两天以内把它串好吗？"母亲问道，"我是从外地来的，如果可能，我想越快越好。"

那个男人非常谦恭有礼。"我去问问看。"他说，"夫人，您把珍珠带来了吗？"

"没有带来。"母亲说，"我把珍珠放在广场旅馆的保险箱里了。"

那个男人拿起电话，和另外一个部门客客气气地通过话，对母亲说："如果夫人没有另外的公干，我们的德韦特先生今天下午可以到广场旅馆把珍珠取来。我们盼望您跟德韦特先生带着珍珠一同来这里，亲眼看我们串珠。"

人家对她如此殷勤，母亲有些飘飘然。大家对她的珍珠这样重视，多叫人高兴啊！

"我真想亲眼看看！"她感激地说，"我的珍珠是我最珍贵的东西。"

"的确是的。"那位高个子男人说，"3点钟好吗？"

德韦特先生到达广场旅馆时，依然密封着的那串珠子已经在母亲的手袋里。德韦特先生是一个风度翩翩的男人，看起来像一个美国的参议员，母亲和他一起穿过大厅时，觉得自己成了别人羡慕的目标。当她乘着为她准备的华贵轿车回到那家首饰店时，她自己也感到确实很新奇。

到了首饰店，德韦特先生引导母亲穿过陈列着钻石的柜台行列，穿过放纯银器和上等玻璃器皿的地方，走到最里面一个设备精美的房间。母亲在一张台子旁边坐下，在她面前铺了一块厚厚的黑丝绒台布。

"串珠子的是我们的杜勃莱先生，马上就来。"德韦特先生说。

杜勃莱先生是一个矮小的法国人，尖尖的脸孔，上唇留着一撮别致的胡子，不久就恭敬地进了房间。他坐下以后，在台上放了一盘工具，把丝绒磨平，伸手去拿广场旅馆的封套。大家看着他用纤细的手指小心翼翼地把封套打开，让珠子滚出来。他刚要戴上眼镜时，突然愣住了，手在颤动，犹豫了一下，然后匆匆忙忙把眼镜戴好。他仔仔细细、目不转睛地看着那些珠子，突然嘶嘶地吸了一口气。"夫人的珠子给人偷了！"他喊叫着，"快点把警察叫来。这些可不是珍珠。"母亲眨了眨眼睛。

"噢，我相信不会的！"她说，"广场旅馆的每一个人都那么好——我——我不相信他们会做这种事！"

接着，她俯下身去仔细看那些珠子。"没有，"她透了一口气说，"这些正是我的珍珠，没有错，我清清楚楚认识那个合扣，它是用金子和钻石做的鸢尾花式——当然不是真的钻石，不过这个合扣非常别致，你说不是吗？"

母亲望望杜勃莱先生，又转过脸望望德韦特先生。德韦特先生满脸通红，看上去就像脑充血的样子。那个矮小的法国人则面色灰白，紧紧抓住椅子的扶手，张开了嘴巴，可是没有说出话来。"有什么不对吗？"母亲惊讶地问。

最先恢复说话本能的是德韦特先生。他说："夫人，您现在坐在世界上最有地位的珠宝商的密室里，阿加罕曾经坐过您坐的这张椅子，看我们给他那些无价的翡翠设计新的图样；英国皇太子曾携着他传家的宝石走进这个房间来，讨论怎样重新镶嵌。尽管如此，我们也没有太自负而不愿替美国公民重串珍珠。可是，夫人，我们可不穿只值几毛钱的假珠子！"

母亲正襟危坐。"我认为你十分无礼，"她以冷峻的口吻说，"这绝对不是价值几毛钱的珠子。这些珍珠是我女儿送给我的。我从来没有问过价钱——这种事情我敢说你完全不能了解——但是我知道这些珍珠虽然不是真的珍珠，却是好的珍珠。如果你不愿意重串，尽可以拒绝，可是你的态度太没有礼貌了。"

母亲的话说完时，德韦特先生已经恢复了镇定，站起身来。"夫人说得对。"他说时，恢复了像参议员的风度，"错在我们。请您原谅我的失礼。就只因为我在这里工作了这么多年——不过不提这个也罢！是我们错了。杜勃莱，立刻动手重串夫人的珍珠。"

"噢，真是多谢你了！"母亲脸上又露出了笑容。

"而且我们不收您的费用！"德韦特先生又加了一句，一脸痛苦的表情，但那却是豪爽地忍痛的表情。

感恩寄语

真情，比真正的珠宝还要珍贵。在母亲的眼里，它胜过世界上任何的珠宝。

世界上任何一位母亲在给儿女付出时，从未想到要回报什么，只因为没有索取之心。所以当儿女的给母亲礼物后，即使是一件不起眼的不值钱的东西，她都会倍加珍惜。文中的"我"没有太多的钱，只给母亲花了三元九角八分钱，买来一条很好的珠子项链。但母亲欣喜无比，为此，还买了一件十分相称的黑衣服，好来佩戴这串珍珠。可是有一天，母亲陪同艾芬汉夫人到纽约看病，在广场时，那串珠子项链突然断了。于是，她将珠子送到一家世界知名的珠宝店去重新串起。当时，串珠子的人发现珠子是假的，拒绝串珠。但是，在母亲眼里，儿女送的珠子胜过世界上最昂贵的珠宝。母亲义正辞严的辩论，感动了珠宝行里的人，他们免费给她串起了项链。母亲珍惜的不是项链本身，而是女儿对自己的心意。母亲那颗不求索取之心，能够体会到儿女的微小心意。

第四辑　让善念在人间传递

每个人都生活在一定的团体中，需要承担一定的责任并履行相应的义务，对于一种工作，看似是为了自己，其实也是为了他人，人人为我，我为人人，构成了相互的责任承担。

他说他进入中学以后，因为家境非常不好，不仅没有钱补习，有时连学杂费和营养午餐费用都交不起。他知道他绝对考不上公立中学，也绝对念不起私立高中，只好放弃升学了。

那一年，面包飘香

我一直很喜欢吃面包，清大门口有好几家面包店，我每家都去过，哪一家有哪一种好吃的面包，我都知道。

最近几个月来，有不知名的人送面包给我。送的人是一位年轻人，我住的公寓管理员问他是谁，他不肯说，他说他的老板是李老师的忠实读者，听说李老师喜欢吃面包，所以就送来了。这些面包果真高级，我到全台湾各个面包店去找，都没有找到这种面包。

我回家，看到那一位年轻人正要离开，我偷偷地尾随其后，居然找到了那家面包店。

进了门，迎面就是扑鼻而来的法国面包的香味。大师傅注意到了我。他问我是不是李老师，我说是的，他说老板关照，如果李老师来，就要接受特别照顾。

我坐在小圆桌旁边，看到外面一棵树的影子，正好斜斜地洒在窗子上，这扇窗是有格子的那种，窗帘是瑞士白纱，看来这家店的老板很有品位。

大师傅拿了一个银盘子进来了，原来他准备了一套下午茶来招待我。大师傅陪我一起享用，因为这些食物才出炉，吃起来当然是满口留香，但是大师傅说，还有更精彩的在后面。精彩的是什么呢？是一种烤过的薄饼，卷起来的，里面有馅，我一口咬下去，发现薄饼里有馅的汁进去了，馅已经很好吃，因为馅汁进入了薄饼里，饼本身也好吃得不得了。

当我在又吃又喝的时候，我听到外面人声嘈杂，原来大批食客也在享用每天出炉一次的烤卷饼。

大师傅告诉他们，每天只出炉一次，现烤现卖，也不外带，因为这种饼凉了就不好吃了，每人只能买两块，但是老板免费招待咖啡或红茶。我都不敢问价钱，我想凡是免费招待茶或咖啡的食物，一定不会便宜。我看了一下这些食客，都是新竹科学园区工程师样子的人。有一位还告诉别人，他吃了以后要赶回去加班。这些食客也很合作，吃了以后自动将店里恢复得干干净净。

我对这家店的老板感到十分好奇，就问大师傅能不能见到他。大师傅说他一定会来，叫我在一张沙发上休息一下，他去找老板来。

老板还没有来，却来了一个小伙子，他拿了一个大信封进来，说老板要我看一下。我拆开信封，里面全是算数的考卷，考的全是心算的题目，比方说 15×19，答案就写在后面，学生不可以经过一般的乘法过程，而必须经由心算，直接算出答案来。

我想起来了，10 年前，我教过一个小学生，每一次教完了，他都要做心算习题。一开始他不太厉害，后来越来越厉害，数学成绩也一直保持在 95 分左右。可惜的是，他小学毕业以后，就离开了新竹，我再也教不到他了。他家境十分不好，我也陆陆续续地听到他不用功念书的消息。我虽然心急如焚，但鞭长莫及，毫无办法。

我曾经去看过他一次，还请他到一家饭馆去饱餐了一顿，那时他读初一下学期。我劝他好好念书，至少不可以抽烟，不可以打架，不可以喝酒，不可以嚼槟榔，他都点点头。说实话，我只记得他当时叛逆得很厉害，一副对我不理不睬的模样。这个孩子后来没有升学，我听到消息以后，曾经写过一封信给他，第一劝他无论如何不要去 KTV 做事；第二劝他一定要学一种技术，这样将来才能在社会立足。我虽然又写了好几封信给他，他却都没回。

就在我回忆往事的时候，老板走进来了，原来一进门时看到的大师傅就是老板，也就是我当年教过的学生。他说他进入中学以后，因为家境非常不好，不仅没有钱补习，有时连学杂费和营养午餐费用都交不起。他知道他绝对考不上公立中学，也绝对念不起私立高中，只好放弃升学了。

他很坦白地告诉我，他是很想念书的，但是家境不好，使他无法安心念书。有一次，他跑进清大去玩，看见那些大学生，心里好生羡慕，回家梦见自己成了大学生，醒来大哭一场。

就在这个时候，他收到我的信，他以为我会责备他放弃升学的，没有想到我一句责备的话都没有，我只是鼓励他要有一技之长。他想起我曾带他去一家饭馆吃饭，吃完以后在架子上买了一大批面包送他，他到现在还记得那批面包有多好吃。

初中还没有毕业，他就跑去那家餐厅找工作。也是运气好，他一下子就找到工作了。从此以后，他就一心一意地学做面包。两年前，他自己创业，开了这家面包店。

我的学生虽然从来没有回过我的信，却始终对我未能忘情。我当年劝他要学得

第四辑　让善念在人间传递

一技随身，他现在岂止一技随身，他应该是绝技随身了。

在我要离开以前，我又考了他几道心算的题目，他都答对了。他送我上车的时候问我："李老师，你有好多博士学生，我可只有初中毕业，你肯不肯承认我也是你的学生呢？"我告诉他，他当然是我的学生，而且将永远是我的得意高徒，我只担心他不把我当老师，毕竟我只是他的家教老师而已。

他知道我将他看成我的学生，露出一脸灿烂的笑容。这个笑容带给了我无比的温暖。我其实什么也没有教他，只教了他两件事，"不要学坏，总要有一技随身"，没有想到这两句话如此有用。

❁❁感恩寄语

"不要学坏，总要有一技随身"，"我"仅仅是在十年前对"我"将要辍学的学生说过这两句话，不曾想到，会影响了他的一生。这个学生不过是"我"当家教的时候教过的，那时，他家里并不富裕，成绩不是很好，公立学校是考不上的，也绝对没钱去读私立学校，所以到后来就辍学了。"我"对他的不读书很惋惜，写了几封信劝勉他，要选择好人生的道路，至少不要学坏，要学得一项立业的本领。一度尘封的记忆没有了痕迹，不曾想，十年过后，被片片飘香的面包重新勾起。好像一个人在行路时，不经意地撒下了一粒种子，若干年后，在经过的地方却出现了一棵参天大树，喜悦自不必说，但惊讶是无法表达的。

人处于困境时，是极容易被感动的，雪中送炭，让人感到倍加温暖，"我"只不过写了几封信给他，请他吃了份所谓的大餐，但他却将这份鼓励深深地记在心里，当做一盏指路的明灯，从无法读书的苦闷中勇敢地站起来，用心用力，学得一技之长，找到了自己人生的航向。十年后，他不忘将这份沉甸甸的礼物送给曾经鼓励过自己的老师，感恩的心，如那一片片刚出炉的面包，远远飘香。

为了谋取生活的成功，我们必须做出自己独立的选择。我们必须运用自己自由选择的权利。作为自己生活的总统，你每天、每个小时都可做出自由的选择。

你能成为生活的主宰

鲍勃·摩尔 美国 胡克定 译

人应该展望未来，真正认识自己拥有的一切。

钻石宝藏

一百多年前，美国费城的六个高中生向他们仰慕已久的一位博学多才的牧师请求："先生，您肯教我们读书吗？我们想上大学，可是我们没钱。我们中学快毕业了，有一定的学识，您肯教教我们吗？"

这位牧师名叫 R·康惠尔，他答应教这六个贫家子弟。同时他又暗自思忖："一定还会有许多年轻人没钱上大学，他们想学习但付不起学费。我应该为这样的年轻人办一所大学。"

于是，他开始为筹建大学募捐。当时建一所大学大概要花 150 万美元。

康惠尔四处奔走，在各地演讲了五年，恳求大家为出身贫穷但有志求学的年轻人捐钱。出乎他意料的是，五年的辛苦筹募到的钱还不足 1000 美元。

康惠尔深感悲伤，情绪低落。当他走向教堂准备下礼拜的演说辞时，他发现教堂周围的草枯黄得东倒西歪。他便问园丁："为什么这里的草长得不如别的教堂周围的草呢？"

园丁抬起头来望着牧师回答说："噢，我猜想你眼中觉得这地方的草长得不好，主要是因为你把这些草和别的草相比较的缘故。看来，我们常常是看到别人美丽的草地，希望别人的草地就是我们自己的，却很少去整治自家的草地。"

园丁的一席话使康惠尔恍然大悟。他跑进教堂开始撰写演讲稿。他在演讲稿中指出：我们大家往往是让时间在等待观望中白白流逝，却没有努力工作使事情朝着我们希望的方向发展。

他在演讲中讲了一个农夫的故事：

有个农夫拥有一块土地，生活过得很不错。

但是，当他听说要是有块土地的底下埋着钻石的话，他只要有一块钻石就可以富得难以想象。于是，农夫把自己的地卖了，离家出走，四处寻找可以发现钻石的地方。农夫走向遥远的异国他乡，然而却从未能发现钻石，最后，他囊空如洗。一天晚上，他在一个海滩自杀身亡。

真是无巧不成书！那个买下这个农夫的土地的人在散步时，无意中发现了一块异样的石头，他拾起来一看，它晶光闪闪，反射出光芒。他仔细察看，发现这是一块钻石。这样，就在农夫卖掉的这块土地上，新主人发现了从未被人发现的最大的钻石宝藏。

这个故事是发人深省的，康惠尔写道：财富不是仅凭奔走四方去发现的，它只属于自己去挖掘的人，只属于依靠自己的土地的人，只属于相信自己能力的人。

康惠尔做了七年这个"钻石宝藏"的演讲。七年后，他赚得800万美元，这笔钱大大超出了他建一所学校所需的钱。

今天，这所学校矗立在宾夕法尼亚州的费城，这便是著名学府坦普尔大学——它的建成只是因为一个人从朴素的故事里得到的启迪。

这个故事告诉我们生活的最大秘密——在你身上拥有钻石宝藏。你身上的钻石宝藏就是潜力和能力。你身上的这些钻石足以使你的理想变成现实。你必须做到的只是更好地开发你的"钻石"，为实现自己的理想付出辛劳。

只要你不懈地挖掘自己的钻石宝藏——不懈地运用自己的潜能——你就能够做好你想做的一切。你就能够成为自己生活的主宰。

从囚徒到明星

一个名叫 R·热佛尔的黑人青年，他在很差的环境——底特律的贫民区里长大。他的童年缺乏爱抚和指导，跟别的坏孩子学会了逃学、破坏财物和吸毒。

他刚满 12 岁就因为抢劫一家商店被逮捕了；15 岁时因为企图撬开办公室里的保险箱再次被捕；后来，又因为参与对邻近的一家酒吧的武装打劫，而被作为成年犯第三次送入监狱。

一天，监狱里一个年老的无期徒刑犯看到他在打垒球，便对他说："你是有能力的，你有机会做些你自己的事，不要自暴自弃！"

年轻人反复思索老囚犯的这席话，做出了决定。虽然他还在监狱里，但他突然意识到他具有一个囚犯能拥有的最大自由：他能够选择出狱之后干什么；他能够选择不再成为恶棍；他能够选择重新做人，当一个垒球手。

五年后，这个年轻人成了全美明星赛中底特律老虎队的队员。底特律垒球队当时的领队 B·马丁在友谊比赛时访问过监狱，由于他的努力使R·热佛尔假释出狱。

不到一年，R·热佛尔就成了垒球队的主力队员。

这个青年人尽管曾陷于生活的最底层，尽管曾是被关进监狱的囚犯，然而，他认识到了真正的自由，这种自由是我们人人都有的，它存在于自由选择的绝对权力之中。我们所有的人都有这种权力。

R·热佛尔也可以推脱说："现在我在监狱里，我无法选择，我能选择什么呢？"但他说的是："我能够做出决定。"

这种自由选择的权力是你作为自己生活的总统所拥有的最有力的工具。这种权力是区别人和动物以及其他存在物的特征。

世界上许多人说无法选择，就不存在什么个性自由。他们认为决定人的行为的只是机遇。这种说法是比较偏激的。国际著名的精神病学家V·富兰克在第二次世界大战时曾被关进德国集中营。他研究了自己的思想，还与别人交谈。之后，他得出结论说："只有一种东西是不可剥夺的：那就是人类的自由——在任何情况下选择自己态度的自由——选择自己独特的行为方式的自由。"

因此，我们看到自己有选择权。我们能够选择。大多数人的问题是不想选择，因为我们一旦做出选择，便要承担责任。正因为如此，有些人一碰到自己做出的决定是错误的就去责备别人，或者推诿拖拉再也不肯做出决策了。然而，为了谋取生活的成功，我们必须做出自己独立的选择。我们必须运用自己自由选择的权利。作为自己生活的总统，你每天、每个小时都可做出自由的选择。

你必须做出选择：你可以轻视自己，也可以诚实地对待自己；你可以觉得自己是人微言轻的无名之辈，也可以心灵充实；你可以办事拖拉，也可以马上就做；你可以整天自寻烦恼、牢骚满腹，也可以心平气和地应付一切；你可以遵循箴言来生活，也可以按照别的生活原则生活；你可以对生活悲观失望以至逃避，也可以充满信心地投入行动；处世为人你可以选择善良，也可以选择罪恶；你可以毁坏一切，也可以奋起建设新生活；你可以成为你理想中的人，也可以满足现状停步不前；你可以忠于职守，也可以逃避责任。

有关这一切的选择权都在你身上。因为你是你生活的主宰。

感恩寄语

我们每个人都是自己命运的主宰。

康惠尔为筹建大学到各地进行演讲募捐，五年的时间里筹集得很少，一个偶然的机会，园丁的一番话让他恍然大悟。我们不能让时间在等待和观望中白白地溜走，上帝创造了人类，但是人类的命运是掌握在自己手里的，只要我们朝着自己希望的方向去努力，就可以挖掘自己最大的潜力。命运不能等待，只能用自己的双手争取。

　　一个囚徒，只因为自己把握了自己的命运，最终让自己成为一位垒球球星。故事告诉我们，走什么样的道路，是要由自己作出正确的抉择的，要敢于承担人生的责任。该让自己付出的时候，我们必须付出；该充满信心的时候一定要充满信心；注定要走过一段坎坷的人生之路的时候，我们也要毫不犹豫地迈开自己的双脚，朝着自己的目标奋力前进。生活中，每个人都会面临着多种选择，只要我们认清自己，挖掘出自己的潜力，肯朝前迈步，我们就是生活的主宰。

莫惋惜已经失去的东西，莫相信不可能存在的事情！

鸟与人

陶菲格·哈基姆　埃及　杨言洪　译

小鸟问它父亲："世上最高级的生灵是什么？是我们鸟类吗？"

老鸟答道："不，是人类。"

小鸟又问："人类是什么样的生灵？"

"人类……就是那些常向我们巢中投掷石块的生灵。"

小鸟恍然大悟："啊，我知道啦……可是，人类优于我们吗？他们比我们生活得幸福吗？"

"他们或许优于我们，却远不如我们生活得幸福！"

"为什么他们不如我们幸福？"小鸟不解地问父亲。

老鸟答道："因为在人类心中生长着一根刺，这根刺无时不在刺痛和折磨着他们，他们自己为这根刺起了个名字，管它叫做贪婪。"

小鸟又问："贪婪？贪婪是什么意思？爸爸，您知道吗？"

"不错，因为我了解人类，也见识过他们内心那根贪婪之刺，你也想亲眼见识吗？"

"是的，爸爸，我想亲眼见识见识。"

"这很容易，若看见有人走过来，赶快告诉我，我让你见识一下人类内心的那根贪婪之刺。"

少顷，小鸟便叫了起来："爸爸，有个人走过来啦！"

老鸟对小鸟说："听我说，孩子。待会儿我要自投罗网，主动落到他手中，你可以看到一场好戏。"

小鸟不由得十分担心，说："如果您受到什么伤害……"

老鸟安慰它说："莫担心，孩子，我了解人类的贪婪，我晓得怎样从他们手中逃脱。"

说罢，老鸟飞离小鸟，落在来人身边，那人伸手便抓住了它，乐不可支地叫道："我要把你宰掉，吃你的肉！"

老鸟说道："我的肉这么少，够填饱你的肚子吗？"

那人说："肉虽然少，却鲜美可口！"

老鸟说："我可以送你远比我的肉更有用的东西，那是三句至理名言，假如你学到手，便会发大财！"

那人急不可耐："快告诉我，这三句名言是什么？"

老鸟眼中闪过一丝狡黠的目光，款款说道："我可以告诉你，但是有条件：我在你手中时，先告诉你第一句名言；待你放开我，我便告诉你第二句名言；等我飞到树上之后，才会告诉你第三句名言。"

那人一心想尽快得到三句名言，好去发大财，便马上答道："我接受你的条件，快告诉我第一句名言吧！"

老鸟不疾不徐地说道："这第一句名言，便是：莫惋惜已经失去的东西！根据我们的条件，现在请你放开我。"

于是那人便松手放开了它。老鸟落到离他不远的地面继续说道："这第二句名言便是：莫相信不可能存在的事情！"

说罢，它边叫着边振翅飞上树梢："你真是个大傻瓜，如果刚才把我宰掉，你便会从我腹中取出一颗重量达30米斯卡勒价值连城的大钻石。"

那人闻听，懊悔不已，把嘴唇都咬出了血。

他望着树上的鸟，仍惦记着他们方才谈妥的条件，便又说道："请你快把第三句名言告诉我！"

狡猾的老鸟讥笑他说："贪婪的人啊，你的贪婪之心遮住了你的双眼。既然你忘记了前两句名言，告诉你第三句又有何益？难道我没告诉你'莫惋惜已经失去的东西，莫相信不可能存在的事情'吗？你想想看，我浑身的骨肉羽翅加起来不足 20 米斯卡勒，腹中怎会有一颗重量超过 30 米斯卡勒的大宝石呢？"

那人闻听此言，顿时目瞪口呆，好不尴尬，脸上的表情煞是可笑……

一只鸟就这样耍弄了一个人。

老鸟回望着小鸟说："孩子，你现在可亲眼见识过了？"

小鸟答道："是的，我真的见识过了，可这个人怎会相信在您腹中有一颗超过您体重的宝石，怎么相信这种根本不可能存在的事情呢？"

老鸟回答说："贪婪所致，孩子，这就是人类的贪婪本性！"

❀ 感恩寄语

贪婪是长在人类心灵里的一根刺，时时刻刻让人类做出愚蠢的行为。

人和鸟一起斗智，却因为贪婪一败涂地。一只老鸟为了让自己的孩子彻底认清人类的贪婪，亲自和人演绎了一场好戏，自己故意让人抓住，利用人贪婪的本性，设计了一个圈套，结果，它成功地从人的手中逃脱，并给人类提出自己的忠告，可是，贪婪已经遮蔽了人类的眼睛，使他一步步走往失败的路上。莫惋惜已经失去的东西！莫相信不可能存在的事情！不要贪婪不止。在当今物欲横流的社会，一个人不可能占尽世界上所有的财富，太贪婪的人，只要有一个愿望实现不了，就会痛苦不已。长在人类心灵里的毒刺不仅仅是贪婪，还有其他的嫉妒之刺、自私之刺等等。常言说得好："知足者常乐。"甩掉这些负担，人才能活得轻松自在。这也是人类应该拥有的大智慧。

只当全世界都抛弃了自己，却原来，还有一个人深深地记挂着自己，并没有因为落魄而嫌弃自己，有这样的朋友，还能说什么呢？

朋友是用来麻烦的

两年前，因为操作失误，他苦心经营了3年多的小公司破产了。一夜之间，他不仅成了一个一文不名的穷光蛋，而且还欠了一屁股债，被人追得到处跑。家是不能回的，思来想去，唯有去省城的一个朋友那儿躲一躲。

他和他的朋友是发小，从小一起长大，关系当然是没得说！小时候，有一次去海边玩，朋友不小心掉进水里，是他喊人把他救上来的，这种交情应该算深厚了吧！

可是下了火车，他又有些犹豫了，多年没见，朋友还是原来的朋友吗？记得朋友结婚的时候，他去参加婚礼，朋友娶了一个娇滴滴的女人，她会不会嫌弃自己呢？

一念至此，他把口袋里仅有的钱翻出来数了一数，在火车站找了一间最便宜的小旅馆住下。心想，住几天算几天吧！

就在他心灰意冷的时候，想不到朋友找来了。朋友一身的尘土和倦怠，生气地数落他："你真不够哥们，来省城也不找我，还得我到处找你，要不是你妈偷偷地打电话给我，我还不知道呢！"他低着头瞅着脚尖，小声地嘟囔着："还不是怕给你添麻烦吗？你看我现在，又脏，又穷，又臭，恐怕连狗都不如了。"

朋友在他的胸口擂了一拳："你还是那个倔脾气，朋友就是用来麻烦的，你不麻烦我，我才生气呢！"

那一刻，他千言万语噎在喉咙里，一句话都说不出来。只当全世界都抛弃了自己，却原来，还有一个人深深地记挂着自己，并没有因为落魄而嫌弃自己，有这样的朋友，还能说什么呢？他只得乖乖地收拾行李跟着朋友去他家。

朋友的妻子给他收拾了一间明亮宽敞的屋子，为他准备了可口的饭菜，还叮嘱他千万不要客气，当成自己家一样。他洗了澡，换了衣服，美美地睡了一觉。

之后，他调整好心态，到银行贷了款，抓住机遇，终于东山再起，不但还清了贷款，还有了安定的生活。

"朋友是用来麻烦的。"每当想起这句话，他心中便会温暖如春。后来，他总是用这句话来鞭策自己，去尽力帮助那些需要帮助的朋友。

感恩寄语

　　当我们年轻时有沉重心事而无法与父母沟通的时候，首先想到的是朋友，朋友可以是我们倾诉的对象，无论我们表现什么样的情态，都会无所顾忌。当我们收获成功的喜悦时，首先要通过各种方式让朋友知道，一起来分享快乐，让他们和我们一起欢呼雀跃。当我们处于困境的时候，除了亲人，最先伸出援助之手的一定是朋友；当我们远行，前来送别并叮嘱我们路上小心照顾自己，到时来个平安电话的一定也是朋友……

　　人生的路上，朋友能够伴随我们一起走过风雨，一起欣赏彩虹，一起悲伤，一起高兴。"朋友是用来麻烦的"，道出了朋友的实质，也只有这句话，能够辨别出我们交往的是患难与共的朋友，还是酒肉相逐的朋友。台湾歌星周华健的歌曲中有这么一句话："朋友一生一起走，那些日子不会有，一句话，一辈子，一生情，一杯酒。"朋友像酒，酝酿着一生一世的情，浓厚而绵长。

所以说，那家餐馆是我那些朋友的家。一些民工走了，另一些民工又来了，说是某某介绍他们来的，告诉他们这里的老板绝对是个好人，不会占他们的便宜。

平民的餐馆

老贾是做餐饮业的，在本城很有名气。他的名气不是因为他的资产在业界数一数二，也不是因为他的菜品有多么出色。

老贾的出名另有原因。

老贾有三家店。一家经营中餐，一家经营火锅，还有一家称为平民餐馆，这家平民餐馆其实是一家民工餐馆。老贾是这样经营的：早餐是馒头与稀饭，馒头两毛钱一个，稀饭不要钱。中餐与晚餐，店里最贵的菜是红烧肉与腌菜烧白，每份 3 块，其他的菜都是 1 块、8 毛和 5 毛，米饭不要钱。一到开饭时间，不但店里挤满了附近做工的民工，就是店外也站满了端着饭碗的人。嘴馋的和舍得掏钱的，要一份烧白，就着白花花的肥肉片，一个小伙子可以吃 5 大碗米饭；节俭惯了的，买一份 5 毛钱的醋熘白菜，白米饭也可以吞下两大碗……不用看账本，外行人也知道这饭店肯定亏本。虽然亏本，老贾却仍将饭店开下去。有人问他为啥亏本还要开，老贾说："我关了门，这些民工到哪儿吃饭？"

今年春节期间在朋友们的聚会上，酒足饭饱，大家商量到什么地方去喝茶，老贾却吩咐服务员把桌上的菜全部打包。带饭菜已不是什么稀奇事，可老贾的包也打得太彻底了：汤里的鸡翅要捞起来，一只虾也要装进食品袋……大家先是笑，后来就开始调侃他。老贾不吱声，把所有的菜打好包放在自己面前后，说："这么多东西丢了真的可惜，都是劳动换来的呀。"笑声更大了。老贾不笑，认真地说："我以前也不这样，是那些到我餐馆吃饭的民工给我上了一课……"

老贾说，他当初就是靠那家平民餐馆起的家。为了吸引顾客，当时他提出了菜价最高 3 块的经营方针。那时米不怎么贵，靠着卖菜搭饭的方式，赢得了许多回头客，他的第一桶金就是这样挖来的，借此开了后两家馆子。这些年，米价、菜价开始上涨，而且这家餐馆因为价格便宜，许多民工开始光顾，其他的顾客却越来越少。民工饭量大，又舍不得钱，5 毛钱的菜可以吃好几碗饭，他当然赚不到钱了。他想关掉餐馆，可那些和他已成为朋友的民工半开玩笑地对他说："贾老板，你这一关门，我们就再也吃不到这么好的饭菜了。"他说："我也没办法，米涨价菜涨价，只有你们不给我涨价，我当然只有关门了。"民工们没说话，相互看看沉默一会儿走了。

老贾没想到，过了几天店里的伙计给他打电话让他过去。他赶去，看到店门口堆了两麻袋米，袋子上还有一张纸条，上面写道："贾老板，这两袋米是我们几个自家地里种的，不值几个钱，你收下。"老贾拿着那张纸条，半天说不出话。后来，有民工回家再回工地，就有米送来。米虽然不多，可老贾每次都会感慨万千。他想查是谁送的，正吃饭的民工却说："不用查了，本来就不值几个钱，和你开这家餐馆亏的钱就更不能比了。"可老贾不能白收人家的米，于是和那些来吃饭的民工商量，他们有米都可以送来，他收下记账算钱，当是他们的饭钱。

"所以说，那家餐馆是我那些朋友的家。一些民工走了，另一些民工又来了，说是某某介绍他们来的，告诉他们这里的老板绝对是个好人，不会占他们的便宜。有些民工换了打工的地方，来我这里吃饭不方便了，可隔两个月总会过来看看，说是就当回家。"老贾说，"你们去我的平民餐馆看看，每张桌子都干干净净，从来没有一点儿汤汤水水，盘子里从来没有一点儿剩菜，碗里更是从来没剩过一粒饭……"老贾有些激动，停一会儿才说："不怕你们笑话，我每次看到那些干干净净的碗都特别感动。他们都知道我办这家餐馆挣不到钱，那些干干净净的碗就是对我的感激与回报……那家餐馆确实不挣钱，可那家餐馆我开得最愉快。我挣来了再多的钱也买不到的尊重和温情，让我觉得自己活在这个世上还有些价值。"

一桌人听着老贾的话都沉默了，有两个人看着自己面前碗里剩下的半碗饭，不好意思地笑笑，低下了头……

感恩寄语

老贾开了三个连锁店，但是，他最得意的就是这个平民餐馆。刚开始的时候，老贾的平民餐馆是他创业的策略，就是靠这个餐馆才完成了自己的资金的原始积累的。然而，随着米面价格的上扬，还是维持着原来的平民价格显然是赔本的，但是，老贾并没有因此而提高菜价，更没有因为不赚钱而关闭了餐馆。对此，前来吃饭的民工也理解老贾的难处，都不约而同地从家带来自产的米，以此来支持老贾把餐馆开下去，因为这里已经成了平民打工仔温馨的家，除此之外，民工们再也找不到像老贾这样能够如此体谅他们，关爱他们的地方了。在这里，他们不仅能解决饥饱问题，而且找到了人与人之间的互相尊重和体贴。在这里，他们能体会到家的温暖和爱意。把碗里的米一粒不剩地吃干净，把菜汤就着米饭一滴不留地喝干净，这些看似让人瞧不起的举动在这里都是节俭的好习惯，他们成了这里真正的主人。平民餐馆像是一家平民的爱乐乐团，用锅碗瓢盆演奏出了人们友爱之歌，老贾，就是乐团的指挥。

对生活的热爱，对人们、对大自然、对一切美好事物的热爱，会使一个人转变、认识自己，从而努力对社会做出贡献。

让人们都富有责任心

穆尼尔·纳素夫　科威特　解凡　译

天色昏黑，混浊了。风摇树叶，白浪翻卷，催促着游兴未尽的人们上岸、穿衣、回归。

突然，一声尖利刺耳的呼救声划破沉静的黄昏，人们止住了脚步。原来一位初学游泳、乐而忘形的少女被蔚蓝的大海吸引住了，她只顾在深水里尽情地游来游去，却不料风起潮涨，腿抽筋，力已尽……岸上的男女老幼惊恐万状，瞠目结舌。其中有三四个人虽然尚未脱掉游泳衣，却止步不前，屏息凝望着那濒临死亡的溺水少女在浪涛中苦苦挣扎。

这时，一位走在高坡上的小伙子飞快地向海边冲去。他顾不得脱掉衣帽，就毫不迟疑地扑进波涌浪卷的海涛。

少女得救了，欢声笑语又回到了人们中间。而小伙子却默默地向她绽出一丝坦然的微笑，带着满身的水渍，步履艰难地离开了岸边，消失在归途中的人流里。

有一个12岁的少年目睹了这一切。他不敢相信这是真的，怀疑自己是刚刚看完了一场电影。他惊魂不定，疑虑重重，回到家，就向父亲详细地讲述了所见的情景。"她当时就要淹死了，那么多的人都不管。要不是那位不知名的大哥哥去救她，她早就成了鱼群的美餐了。"他最后说。

父亲满有兴致地听完了儿子的讲述，说："这就是生活呀，孩子。这就是现实。有的人对生活有着高度的责任心，而有的人却自私自利。责任心需要极大的勇敢、坚强的信念和对生活、对人的热情。"

托尔斯泰说过："一个人若是没有热情，他将一事无成，而热情的基点正是责任心。"

许多年以前，伦敦住着一个小孩，自幼贫病交加，无依无靠，饱尝了人生的艰辛。为了糊口，不得不在一家印刷厂做童工。

环境虽苦，志气却不短。早就与书报结下了不解之缘的他，常常贪婪地伫立在书橱前，不住地摸着衣兜里仅有的买面包用的几个先令。为了买书，他不得不挨饿。一天早晨的上班途中，他在书店的书橱里发现了一本打开的新书，便如饥似渴地读了起来，直到把打开的两页读完才走。翌日清晨，他又身不由己地来到了这个书橱前，奇怪，那本书又往后翻开了两页！他又一气读完了。他是多么想把它买下来呀，可是书价太高了。第三天，奇迹又出现了：书页又顺序地翻开了两页，他又站在那儿读了起来。就这样，那本书每天往后翻开两页，他每天来读，直到把全书读完。这天，书店里一位慈祥的老人抚摸着他的头发说："好孩子，从今天起，你可以随时来这个书店，任意翻阅所有的书籍，而不必付钱。"

岁月如梭，这个少年后来成了著名的作家和记者。他就是英国一家晚报的主编本佳敏·法利吉尤。

本佳敏之所以自学成功，是因为他苦读善学，也是因为他遇到了一位极富责任心的人。善良的老人倾注给他的是人间最美好的东西：温存怜悯，爱护关怀，鼓舞鞭策。他向身处困境的少年打开了向往美好生活的心扉，引导他步入知识的世界，为他后来成为对人类有所贡献、为世人所尊敬的作家而尽到了责任。

一位妇人带着她的女儿来到心理学教授面前，诉说起女儿的情况："先生，我弄不明白她是怎么回事。她对自己的一切都马马虎虎，毫不经心，学业荒废，衣衫不整，吊儿郎当，浮皮潦草；对她周围的事物漠不关心，神不守舍。她如今都17岁啦，还这么不懂事。这可叫我如何是好？"

教授笑着说："请允许我单独跟她谈一谈，好吗？也许我能了解她对自己和周围一切漠不关心的秘密所在。"

母亲走了，教授仔细观察着姑娘。这位衣衫不整、蓬头垢面的少女长得很美，但她的美却被邋遢的外表掩盖了。姑娘成熟了，而心理却很幼稚。

教授跟她聊天，她似听非听。教授沉默了一会，突然问她："孩子，你难道不知道你是个非常漂亮、非常好的姑娘吗？"

这句问话，使姑娘美丽的大眼睛里放射出一缕亮光。她慢慢抬起头来，久久盯着老教授那布满皱纹的善良面孔，一丝深沉的笑容浮现在她的脸上，如同沉梦方醒，看到了新的天地。"您说什么？"姑娘惊喜地问。"我说你很漂亮、很好，可你自己却不知道自己是个漂亮的好孩子。"

姑娘那秀丽的脸上现出了舒心的微笑。这样的话她从未听到过，平时充塞她耳际的除了同学们的数落、嘲弄，就是母亲的谩骂。因而，她自己也就破罐破摔了。

教授拉着姑娘的手说："孩子，今晚我和我的夫人要去剧院看芭蕾舞剧《天鹅湖》，特请你陪我们一块去。现在还有两个小时的时间，如果你愿意，请你回去换换衣服。我们在这儿等你。"

姑娘高兴极了，活蹦乱跳地跑出去，跟母亲一块回家去了。快到时间了，教授听到一阵文雅的、轻轻的敲门声。打开门，他惊呆了：一身晚会的盛装衬托出一位出水芙蓉般的少女，两道如月的细眉下是一双动人的眼睛，抬起来亮闪闪，低下去静幽幽。那富有表情的面庞，使她显得那么聪明伶俐，体态那么苗条健美。她的一颦一笑、一举一动都是那么文雅、自持、适度。教授简直认不出这位姑娘就是刚才那位邋里邋遢的少女了。

从此，姑娘变了，变得自爱而奋发。她果然有出息了，不但学习很好，而且还成了著名的舞蹈艺术家。

对生活的热爱，对人们、对大自然、对一切美好事物的热爱，会使一个人转变、认识自己，从而努力对社会做出贡献。

生活，多么美好！创造美好生活的正是那些富有责任心的人们。

感恩寄语

每个人都生活在一定的团体中，需要承担一定的责任并履行相应的义务，对于一种工作，看似是为了自己，其实也是为了他人，人人为我，我为人人，构成了相互的责任承担。文中的小伙子之所以能够舍身跳入大海去救助姑娘，就因为在他身上有强烈的责任心，只因为有强烈的责任心才使他内心变得非常勇敢，才对任何事情都表现出极大的热情。有责任心的人也必定是个热爱生活的人，他们能善待周围的一切，发现生活中的种种美好，也必然是个虚怀若谷的人，他们有博大的胸怀，宽容周围的一切。对别人的关爱，使他们始终生活在阳光明媚里。如果不是善待他人，书店的老板就不会免费让那个没钱买书的孩子在书店读书，孩子也不可能成就自己的事业。正像文中引用的托尔斯泰说过的一句话："一个人若是没有热情，他将一事无成，而热情的基点正是责任心。"责任心，是可以传递的，人人都负起自己的责任，生活将更加美好。

生命充满无限的可能，让人间变成天堂或地狱，常在你我的一念间。愿我们一起努力，让恶念的涟漪不起，让善念在人间传递。

让善念在人间传递

张羽良

听过这样一个感人的故事，这个故事发生在美国。一个大雪纷飞的夜晚，布朗先生独自驾车返家，不料车子却在一片四下无人的荒野中抛锚了。正当他着急得不知该如何是好且又冷又饿之际，一个年轻人正好驾车经过，当他知道布朗的遭遇后，立刻拿出绳索绑住两部车，然后拖着抛锚的车到下一个城镇去修理。

可以想见布朗对这位年轻人的感激之情，他当下拿出一笔钱作为报答之意，不料年轻人却摇摇头微笑着拒绝了。他告诉布朗说："我不是为了获得报酬才做这件事，若你真想报答我，就请答应我一个要求就好。"布朗略感讶异地凝神倾听年轻人所讲的要求。

"希望今后当你遇到需要帮助的人，你都能够尽你所能去帮助他，若他也像你现在这样想要报答，请你把我现在告诉你的话同样告诉他，这就是对我最好的报答了。"

时光飞逝，一晃二十多年过去了，这段时间布朗从没有忘记对年轻人的承诺，只要遇见需要帮助的人，他总是义不容辞地去助人，碰上受助者想要回报他时，他也总是照着当初那个年轻人告诉他的话去说。在不断帮助别人的过程中，布朗深深体会到助人为乐的真谛，日子过得充实而愉快。

有一天布朗独自驾小船出海去钓鱼，不幸遇上了海上暴风雨，小船禁不起大浪的折腾翻覆了，布朗抱着救生圈在海上浮浮沉沉地漂流了一天一夜，最后被冲上一座荒无人烟的小岛。

过了几天，一个来孤岛附近钓鱼的小伙子，发现了遇险的布朗并救了他。对于救命之恩，布朗事后非常感激地拿出一笔钱作为答谢，没想到小伙子竟告诉他，不需要这样，只要今后当你遇到需要帮助的人，你都能够尽量帮助他，并且请他跟你一样，懂得去帮助需要帮助的人，这就是对我最好的报答了。

"这就是对我最好的报答了。"多么耳熟能详的一句话，这句话让布朗刹那间热泪盈眶，他突然明白，原来过去这二十多年，他都自以为是自己在帮助别人，其实他真正帮助的是他自己。助人的善念在人间传递，若干年后像圆圈一样又传回他身上，若不是有这么多的人共同传递这份善念，他今天或许不会获救。

然而，不仅善念会传递，恶念亦如是。一辆行驶在马路上不守交通规则乱按喇叭的车，能够瞬间影响数十个开车者的心情，这些受影响者，若没有足够的宽容，很可能将这份不好的情绪扩散至办公室或家庭中，让社会多了许多不必要的矛盾与冲突。

遇见令人不愉快的事，若我们搅入其中，扮演破坏人间祥和的角色，那对于这个世界的纷纷攘攘，我们谁也责怪不了，因为我们也都在起推波助澜的作用；反之，若我们能让不愉快的事仅及自身而不波及他人，相信用不了多久，连不愉快的事你可能都会很少再遇到。

生命充满无限的可能，让人间变成天堂或地狱，常在你我的一念之间。愿我们一起努力，让恶念的涟漪不起，让善念在人间传递。

感恩寄语

帮助别人其实就是帮助自己，但是，很多人却算不透这个账，该帮助别人的时候却冷眼旁观，事不关己，高高挂起。人的生活并不是一帆风顺的，等到自己处于困境或危险之境需要帮助的时候，你是多么期望有人挺身而出呀，如果大家都没有善念，没有帮助人的美德，那么，最终谁也不会得到别人的救助。星星之火，可以燎原，善念是可以传递的，你帮助了别人，别人也会帮助你。如果不是那个陌生的年轻人向自己伸出援助之手，很可能布朗先生的汽车会一直抛锚在深夜的雪地里。如果不是自己将这种善念传递给他人，他就体会不到帮助别人时所产生的快乐，更不会在多年以后在无人的荒岛上获救。善念是传递的，是有轮回的，伸手援助他人，最终援助的是自己。勿以恶小而为之，勿以善小而不为！哪怕一点一滴的帮助，都可以让人感到世间的温暖。伸出你的手吧，在一切力所能及的范围内去帮助别人。

不要枉费了你的生命，要少追求物质，多追求理想。因为只有理想才赋予人生以意义，只有理想才使生活具有永恒的价值。

人生的真谛

亚利山大·辛德勒　美国　沈培健　译

人生的艺术，只在于进退适时，取舍得当。因为生活本身即是一种悖论：一方面，它让我们依恋生活的馈赠；另一方面，又注定了我们对这些礼物最终的弃绝。正如先师们所说：人生一世，紧握双拳而来，平摊两手而去。

人生是如此地神奇，这神灵的土地，分分寸寸都浸润于美之中，我们当然要紧紧地抓住它。这，我们是知道的，然而这一点，又常常只是在回顾往昔的时候才为人觉察，可是一旦觉察，那样美好的时光已是一去不复返了。

凋谢了的美，逝去了的爱，铭记在我们的心中。尤令人痛苦的是，回想起当那种美正闪烁其华之际，我们却熟视无睹；当那种爱正娓娓倾诉之时，我们却不曾回报以琼瑶。

最近的一件事重又启发了我，使我顿悟了一个真理。其时，我由于严重的心脏病发作而住了院，受到特别精细的照料——虽然医院总不是个好去处。

一天早上，我得去接受几个辅助检查，而检测器械放置的房子在病区的对面，因此，我只好坐轮椅穿过一个院落。

一出病房，迎面的阳光震撼了我的身心，我所有的感受只有太阳的光辉！多么美好的阳光啊——那样温煦，那样明亮，那样辉煌！

我留神看了看，是否还有人欣然沉醉于这金光灿烂之中。没有，人人都来去匆匆，大都目不斜视，只盯着地面。我想到自己也确是常常如此：总是沉湎于琐细乃至令人厌恶的事情之中，而对于大自然中出现的胜景则全然无动于衷。

这一经历所导致的顿悟，其实与这经历本身一样，是极普通的：生活的馈赠是珍贵的，只是我们对此留心甚少。

由此可知，人生真谛的要旨之一是：告诫我们不要只是忙忙碌碌，以致错失掉生活的可叹、可敬之处。虔诚地恭候每一个黎明吧！拥抱每一个小时，抓住宝贵的每一分钟！

执著地对待生活，紧紧地把握生活，但又不能抓得过死，松不开手。人生这枚硬币，其反面正是那悖论的另一要旨：我们必须接受"失去"，学会怎样松开手。

这种教诲确是不易领受的。尤其当我们正年轻的时候，满以为这个世界将会听从我们的使唤，满以为我们用全身心的投入所追求的事业都一定会成功。而生活的现实仍是按部就班地走到我们的面前——于是，这第二条真理虽是缓慢的，但也是确凿无疑地显现出来。

我们在经受"失去"中逐渐成长，经过人生的每一个阶段，我们只是在失去娘胎的保护后才来到这个世界上，开始独立的生活；而后又要进一系列的学校学习，离开父母和充满童年回忆的家庭；结了婚，有了孩子，等孩子长大了，又只能看着他们远走高飞。我们要面临双亲的谢世和配偶的亡故；面对自己精力逐渐地衰退；最后，我们必须面对不可避免的自身死亡——我们过去的一切生活，生活中的一切梦都将化为乌有！

但是，我们为何要臣服于生活的这种自相矛盾的要求呢？明明知道不能将美永保持久，可我们为何还要去造就美好的事物？我们知道自己所爱的人早已不可企及，可为何还要使自己的心充满爱恋？

要解开这个悖论，必须寻求一种更为宽广的视野，透过通往永恒的窗口来审度我们的人生。一旦如此，我们即可醒悟：尽管生命有限，而我们在世界上的"作为"却为之织就了永恒的图景。

人生决不仅仅是一种作为生物的存活，它是一些莫测的变幻，也是一股不息的奔流。我们的父母通过我们而生存下来，我们也通过自己的孩子而生存下去。我们建造的东西将会留存久远，我们自身也将通过它们得以久远地生存。我们所选就的美，并不会随我们的湮没而泯灭。我们的双手会枯萎，我们的肉体会消亡，然而我们所创造的真、善、美则将与时俱在，永存而不朽。

不要枉费了你的生命，要少追求物质，多追求理想。因为只有理想才赋予人生以意义，只有理想才使生活具有永恒的价值。

（注：本文是美国犹太人联合会主席辛德勒于1987年5月在南卡罗来纳大学毕业典礼上致词的一部分。）

感恩寄语

"人生一世，紧握双拳而来，平摊两手而去。"的确这样，活了一场，人生好像什么也没有得到。但真正能让我们享受的是生命的过程。

如果不是因病住在医院，"我"仍然感悟不到人生的真谛。因为"我"本身就是一个匆匆的过客，也是为了生活而需要不停地奔波。当"我"坐在轮椅上观察院落里的人时，发现他们"大都目不斜视，只盯着地面"。没有一个沉醉于那样温煦、那样明亮、那样辉煌的金光中，大概是太专注于他们的目标了，所以没有心思留意身边迷人的景色。

人生就是这样，很多时候，我们都是匆匆走在自己的脚步里，急于奔向自己的理想，二十岁之前，我们急于求学；三十岁左右，我们急于立业；四十岁的时候，我们只对苦心经营的事业执着；五十岁之后，往回看看，发现什么也没留住，只落下处于亚健康状态的身体。就像小猴子掰玉米，结果什么也没有得到。

生命，需要我们适度地索取，需要创造我们自身的价值。

原来我们都误解三弟了，他接受父亲的遗赠，为的是更方便我们回娘家！他虽然砸了储蓄罐，可是有个砸不坏的储蓄罐已经永远放在三弟的心里，那是他对我们、对这个家倾注的一世的爱啊！

三弟的储蓄罐

周艳妮

三弟是 6 岁的时候父亲从临县领回来的，那是我们第一次见到他，很大的眼睛、细细的胳膊，表情怯生生的。怀里抱着一个两尺见方的硕大粗瓷储蓄罐，形状是一只丑陋的猪。

小妹呱呱落地那会儿，我们家凑足了三朵金花。母亲被拉去做了结扎手术后回来就偷偷哭了，她在房里抽噎着对父亲说："算命的都说你命里注定没有儿子，你还要我生！生那么多娃你养得起吗？"

父亲是个硬汉子，他说家里没有哪代缺过儿子，他不信命，母亲不能再生他就大老远地跑去找，那年月收养手续不是那么繁杂，花了不多的钱，父亲就有了儿子。父亲抱着三弟喜滋滋的，塞一个大苹果在他手里。

　　苹果在那时是多稀罕的水果啊，父亲就买了一个！我和大姐冷眼旁观，都觉得这个小杂种是个大威胁，他以后还说不准要跟我们争多少东西呢！

　　傍晚，我们给三弟来了第一个下马威。父亲和母亲都下地去了，要很晚才回来，他们嘱咐大姐和我要做晚饭给弟弟妹妹吃。我和大姐得意扬扬地只盛了一碗白米饭端给三弟，姐妹仨躲在厨房里津津有味地吃父亲专门买给他的肉片。吃完了我去收三弟的碗，还假惺惺地问他吃饱了没有。他睁着水汪汪的眼睛感激地对我说："谢谢二姐，我吃得很饱，你们做的饭真好吃。"我差点就感动了，但心想这是来跟我们抢东西的坏小孩，心肠又硬了起来。

　　晚上父亲问起三弟饭菜吃得习惯不习惯，三弟还是那副感激的样子说："好吃极了，大姐二姐也对我很好……"

　　三弟用稚嫩的真诚换来了我们对他态度的改观，我和大姐商量过，决定暂时放他一马。而对三弟真正意义上的接受，是在一场暴雨之后。

　　那天我和大姐都上学去了，父母亲也都去地里忙，家里只剩下三弟和小妹。早上下起了大暴雨，小妹在前天夜里已经受了风寒，下午的时候突然发起高烧来，三弟硬是咬紧牙关将小妹背到卫生院。那场雨真大啊，我和大姐在学校上课的时候几乎听不见老师讲课的声音，可是三弟仅用一张雨布紧紧裹在小妹身上就冲进了雨里，听卫生院的阿姨说，三弟全身湿透闯进来，什么话都没说就昏过去了。

　　小妹两天后就康复了，可三弟却病倒了。父亲接他回来时我们都站在门口，三弟胡乱摆着瘦瘦的胳膊对我们说："外面这么冷，你们快进屋呀！"我们听话地转身回屋，我走在最后，眼尖地发现，三弟俯在父亲的背上，眼泪已经流到了腮帮子。

　　晚饭时，我和大姐轮流给三弟夹菜，把他的碗塞得满满的。我们第一次亲切地叫他三弟，他也不吭声，耷拉着脑袋一个劲儿地吃。父亲说老三怎么也不说声谢谢，这孩子还得学学礼貌。我坐得离三弟最近，只有我看得到，三弟的眼泪一颗颗都滴进了饭菜里，他哪里还说得出谢谢。

　　小妹上学以后，父亲原本就不轻的担子就更沉重了。好在我们四个孩子都晓得体恤。只有三弟比较贪玩，常常一放学就没了影儿，入夜了才能看到他拖着满身草屑回来。

　　这天，小妹戴上红领巾成为少先队员，还被学校选为中队长。三弟很高兴，特地跑到集市上给小妹买了一个精致漂亮的笔记本。我和大姐却暗地里犯起嘀咕：三弟哪来那么多钱？

不久之后的一个夜晚，三弟刚从外面玩回来。我和大姐在厅里堵住他，质问他上哪儿去了，他一愣，支吾着说不清楚。三弟的个性我了解，他不是擅长说谎的人，肯定是背着我们做了什么见不得光的事！我假装和气地问他："你别慌，慢慢说，上次你给小妹买笔记本的钱是哪来的？"

　　三弟闻言满面惊慌地抬起头："那……那是我自己攒的！不是偷的！"我觉得他的反应很可疑，对大姐使了个眼色，她心领神会，立刻板起脸往地上一指："跪下！"

　　三弟扑通一声跪在地上，咬着嘴唇仍然坚持："我没偷钱！"

　　这时父母亲从外面回来了，父亲见状忙问出了什么事。大姐告诉他三弟前几天给小妹买了个很贵的笔记本，钱可能是偷来的，还问父亲是否给了他那么多零花钱。父亲听完火冒三丈，操起笤帚就往三弟身上打："你这个逆子！我好心把你养大，送你上学，你还做这种缺德事！"

　　父亲打得很用力，三弟的身子被笤帚打得摇摇晃晃，他硬是一动不动。父亲打累了，停下来喘气。三弟这才松了牙关，声音有些抖地说："爸，您刚回来一定累了，先坐下歇会吧。"

　　三弟挣扎着站起来，像往常一样给父亲倒了一杯水，蹒跚着走到他面前重新跪下。父亲黑着脸不情不愿地接过茶，看也不看就搁在一旁。小妹被吓坏了，抖抖索索地捧出那个笔记本替三弟求情："爸，三哥是为我好，您就饶他一次吧！"

　　父亲抢过笔记本，哗啦哗啦地撕成好几块。三弟也不哭，他把撕坏的笔记本收拾起来，整齐地叠在一块抱在怀里，那样子就像他刚来的时候抱着储蓄罐。他直挺挺地跪着，甚至面带微笑地说："我从来不敢忘记爸妈养我有多不容易，所以我努力学习。路口那个老伯答应我每天帮他拔整个大院的草，一个月就给我30块钱，我把钱都攒下来，一半给家里买米，另一半留着家里困难的时候再拿出来……"三弟缓缓伸出双掌，那双9岁孩子的手粗糙得像树皮。

　　小妹哭着扑到三弟身上："三哥，你刚才怎么不早说呢！"父亲也老泪纵横地伸出手，把三弟扶起来，哽咽着说："孩子，委屈你了。"母亲连忙取出药酒，拉下三弟的裤子一看，屁股淤紫了一大片。全家忙成一团，父亲做饭，我打了热水，大姐替他热敷，母亲来上药，小妹什么忙也帮不上，在一旁拿了针线把笔记本仔细缝合起来。

　　三弟这才哭了出来："你们都对我这么好，我将来要怎样报答才不辜负你们呀！"我和大姐听了，脸上火辣辣的。

　　后来，我们姐弟四个都顺利地大专毕业。不久大姐和我相继嫁到了外地，小妹也在外地工作，家里只剩下三弟。我和大姐忙上班又忙照顾公婆和孩子，根本抽不出时间探望二老。好在三弟并无怨言，逢年过节总是打电话邀我们回去。

三弟的喜帖送到时，我还真吓了一跳。他是带了准弟媳来的，那姑娘容貌普通、个子矮小。我把三弟拉到一旁，不满地问："老三啊，你怎么不找个中看点的姑娘？"三弟憨厚地挠挠头说："若兰是个好姑娘，她愿意和我一起侍奉爸妈一辈子。"我哽着声音，什么话也说不出来了。

婚礼办得很简单，席间让客人难忘的是三弟带着弟媳跪在父母面前恭恭敬敬地磕了三个响头。那架势不像是在举行婚礼，倒像是给两个老人家祝寿。我们姐妹仨鼻子都酸溜溜的，想我们亲生骨肉都没有这般知情感恩，心里好生惭愧。

几年之后，多年积劳成疾，父亲病了。我们都忙，只有三弟和弟媳服侍在老父床前。母亲打电话让我们都回去一趟，商量父亲的医疗费用和后事。我和大姐两家正在供房子，孩子又都上学，哪里还有余钱，小妹更不用说。整个屋子陷入难堪的沉默，最后是三弟挡在弟媳身前将担子接到了肩上，"还是我来照顾爸好了，你们家里都有难处，我理解的。"

三弟砸开了他的瓷猪储蓄罐，里面是一个个折成很小一块的纸钞。一家人一张张地慢慢展开，一共11400元，看得我们目瞪口呆，谁能想得到，那么丑而粗糙的一个瓷罐，里面竟然藏了这么多钱。我看见弟媳强忍着激动得发抖的嘴唇，三弟安慰地拍拍她的肩膀，对大家说："这个储蓄罐，是我从本家带出来的，他们对我说要把你们的恩情藏在心里，把有机会报答的东西藏在储蓄罐里，恩情要时刻记得，里面的东西要在最困难的时候毫无保留地取出来。"母亲听完，眼泪就下来了。

终于还是得知父亲弥留的噩耗，儿女都聚在床前，父亲抖索着手只唤三弟一个人上前。三弟跪在床前，父亲只说了一句话："老三啊，你是个好儿子，爸只有四间平房就留给你了。"我们姐妹仿佛当头一棒，那么多年担心的事情终于还是发生了，三弟独占了我们的家！

一直到父亲的丧事结束，我们都没怎么过问，散了就各自回家了。后来母亲来我家探望外孙，让我们姐妹仨有空回去住几天。她说："老三没有动你们的房间，常常打扫好就等你们过年过节回去住哩。"母亲唠唠叨叨地，没注意到我因震惊而不自然的表情。原来我们都误解三弟了，他接受父亲的遗赠，为的是更方便我们回娘家！他虽然砸了储蓄罐，可是有个砸不坏的储蓄罐已经永远放在三弟的心里，那是他对我们、对这个家倾注的一世的爱啊！

感恩寄语

"人生一世，紧握双拳而来，平摊两手而去。"的确这样，活了一场，人生好像什么也没有得到。但真正能让我们享受的是生命的过程。

如果不是因病住在医院，我仍然感悟不到人生的真谛。因为我本身就是一个匆匆的过客，也是为了生活而需要不停地奔波。当"我"坐在轮椅上观察院落里的人们的时候，发现他们"大都目不斜视，只盯着地面。"没有一个沉醉于那样温煦，那样明亮，那样辉煌的金光中，大概是太专注于他们的目标了，所以没有心思留意身边迷人的景色。

人生就是这样，很多的时候，我们都是匆匆走在自己的脚步里，急于奔向自己的理想，二十岁之前，我们急于求学，三十岁之左右，我们急于立业，四十岁的时候，我们只对苦心经营的事业执着，五十岁之后，往回看看，发现什么也没留住，只落下处于亚健康状态的身体。就像小猴子掰玉米，结果什么也没有得到。

生命，需要我们适度的索取，需要创造我们自身的价值。

第五辑　心灵折旧费

　　诚信，在人与人之间应该有着举足轻重的位置。有时候，不是任何行为都能用金钱去衡量的。诚信，是做人的根本，虽然无法触摸，但雕刻在生活的角角落落里。只有诚信，人人才能真心相待。

现在，他在里面经常自语道："人要生活，必须勇敢地闯出自己的幸福之路！"

超凡的母爱

米丘尔·德·乌娜姆诺 西班牙 周新传、李少志译

乔恩·曼索是位纯朴、善良的老实人，在这个充满邪恶的人世上，一辈子连个苍蝇也未伤过。孩提时，他与伙伴们玩骑驴，总是让别人骑。好友们都信任他，并无所顾忌地把自己的风流韵事讲给他听。甚至他长大成人后，同伴们依旧亲呢地用儿时的称呼叫他"小乔尼"。

他最崇尚一句中国格言：切勿显示自己，须忠于最能帮助你的人。

他讨厌政治，厌恶经商，对一切会给他平静生活带来风波的事，都避之遥遥。

他生活简朴，从不花一文原有的积蓄，只靠一点微薄的收入维生。

他秉性虔诚，从不冒犯他人。如果他对某人印象欠佳，就只说他的好话。

假若你跟他谈起政治，他会说："我算什么？既不站在这边，也不属于那派，我不关心哪个党执政，我仅是个上帝的罪人，只求与人和平相处。"

然而，尽管他很善良，却也难逃最后的死亡。这是他终生所做的唯一明确的事。

一位天使，身佩一把明晃晃的大刀，正在按身上的印记给死魂灵分类——这些印记是他们离开人世、经过阴间登记台时打上的；然后再办理一种类似"移民检查"的手续。在那儿，天使和魔鬼友好地坐在一起，查阅档案，看是否一切亡灵都已备案。

登记室入口的情景简直和出售当日斗牛比赛券的票房外景一样。成群结队的人们你推我搡，各不相让，都急着想尽快知道自己的归宿。一时间，各种语言、方言及土语的诅咒声、乞求声、辱骂声和争辩声搅为一团。而乔恩·曼索却在一边自语道："我不愿掺和到他们中间，里面一定是些不安分守己的家伙。"

他声音轻微，没有谁注意他。那位身佩大刀的天使也丝毫未意识到他的存在。

于是，他便溜了过去，走上通往天堂的路。

他独自一人默默地走着。时而有一群人从他身边走过，唱着祷文，有的甚至狂热地手舞足蹈。可乔恩认为，这一举止对于走向天堂的幸运儿来说，太不合适了。

到达顶端，他发现乐园的墙边已排了一长队人。几位天使像人间的警察一样维

持着秩序。乔恩·曼索便站在队伍的末尾。

　　片刻，一位修道士走来。他巧妙地向乔恩讲述了自己急于进天堂的缘由，言语令人同情。于是，乔恩便把自己的位置让给了他。"即使在天堂也要与人方便才好。"乔恩暗想道。

　　又来了一位，这次虽不是修道士，却也想得到与修道士同样的照顾。乔恩满足了他。总之，没有一个后来的虔诚者不欺骗乔恩，然后弄到他的位置。他那温良的名声很快传遍了整个行列，并作为一个永久的传统在不停替换的人群中继承下去。乔恩仍站在队伍的最末尾，成了自己好名声的奴隶。

　　几个世纪过去了。终于，有一天他碰上了一位聪慧圣洁的主教。他原来是乔恩一位长兄的重孙。乔恩不无委屈地向他倾吐了自己的苦衷。这位聪慧圣洁的主教答应见到上帝后为他求情。听了这话，乔恩又一次把自己的位置让了出来。主教进了天堂，径直走到上帝面前，表达了自己的无限敬意。上帝心不在焉地听完后瞥了他一眼，察知他内心有事，便问道："你还有什么话吗？"

　　"主啊，请允许我为您的一位仆人求个情吧，他几个世纪一直排在队伍的最后……"

　　"别绕弯子了，"上帝打断他的话，"你指的是乔恩·曼索？"

　　"是啊，我的主。就是那个乔恩·曼索。他……"

　　"好了，好了。让他自己照顾自己吧！不许你再管别人的事。"话毕，上帝扭头对引路的天使说："带下一个。"

　　主教来到天堂的墙边，爬上墙头，把乔恩·曼索叫过来说："太叔父，我很遗憾。您不知我有多难过啊。主告诉我您应该自己照顾自己，不许我再管别人的事。可是……您还在最后吗？别泄气，鼓起勇气，别再让出自己的位置了。"

　　"原来是这样！"乔恩吃惊地喃喃道。豆大的泪珠顿时夺眶而出。晚了，一切都晚了。因为那可悲的"传统"已束缚了他的手脚。人们不再请求他让位，而是理所当然地站在他前面。

　　他垂头丧气，无心继续排在最后，便越过坟堆，在荒野里游荡。后来，他遇到了许多萎靡不振的人在路上行走。他便跟着他们，最后发现自己到了炼狱的门口。"看来进这里比较容易，"他暗想，"一旦入内，涤清了罪过，自然会将我送入天堂。"

　　"嗨，朋友，你上哪儿？"

　　乔恩转过身，发现身后站着一位天使，头戴学士帽，耳根夹着一支笔，正从眼镜框上打量自己。他叫乔恩过来，上下打量一番后，皱着眉头哼道："你病入膏肓，又已老朽，我担心进去后你会被炼化，你还是去地狱那边吧。"

"去地狱？"乔恩·曼索第一次愤怒了。一个人即使再有耐心忍受长期痛苦，也受不了被天使看成一个十足的白痴。

绝望之中，他走到了地狱门前。这里没有等待入内的队伍，或诸如进天堂的麻烦。门大敞着，冒出一股股呛人的浓烟，不时传来阵阵叫喊声。门边坐着一位可怜的魔鬼，拉着风琴，扯着嗓子唱道："来吧，先生们，进来吧……在这里你可以看到人间喜剧……谁都可以进去……"乔恩闭上了双眼。"喂，站住！年轻人。"那魔鬼朝他喊道。"您不是说谁都可以进去吗？"

"我说过。但是……你瞧，"魔鬼捋着尾巴认真地说，"我还有点怜悯心，并且……毕竟……""好吧，好吧。"乔恩说着转身离去。因为那烟呛得他难以忍受。"可怜的家伙。"他听到魔鬼的自语声从身后传来。"可怜的家伙？连魔鬼也可怜我！"

乔恩在绝望中快要发疯了。他又回到坟地旁的荒野中，像沧海中的一叶小舟茫然漂泊。

一天，一股诱人的香味飘出天堂，引得乔恩来到墙边，希望知道里面在做什么。此时黄昏迫近，上帝走了出来，在天堂花园中散步。乔恩等他走近墙边，便张开双臂，用夹杂着愤慨、乞求的语气说道："主啊，主！您不是把天堂许诺给温良的人吗？"

"是的，"上帝回答道，"但是，那是给勇于进取的人，而不是给等着别人送他进天堂的人。"说罢转身离去。

根据一个古老的传说，上帝后来发了慈悲，让乔恩·曼索重降人间。新生后，他一反常态，凡事争先恐后；当他第二次死后，便顺利地通过了那条长队，自豪地迈进了天堂。

现在，他在里面经常自语道："人要生活，必须勇敢地闯出自己的幸福之路！"

感恩寄语

机会就在眼前，看你采取什么样的方法得到它。乔恩在世上就是一个与世无争的人，对一切都抱有忍让的态度，即使到了天堂的路上，他也容忍着别人用欺骗的方法抢走他的位置。即使这样，一味地忍让，他也没有赢得上帝的偏爱，上帝也没有因为他的善良而让他进入天堂。"他又回到坟地旁的荒野中，像沧海中的一叶小舟茫然漂泊。"直到一个偶然的机会，他幸运地遇到了上帝，上帝的一句话才让他明白人生的道理，原来，自己的幸福之路不是靠等待能得到的，而是自己勇敢地闯出来的。自己就是因为没有积极去争取过什么，所以，总是无法到达天堂的门口。

机遇对待每个人都是平等的。机遇当前，人的反应会有很多种，有的人善于给自己创造一切机会，抓住机遇；有的人就消极地等待。机遇等待的是有准备的人，青睐第一个伸出手的人。躲在后面的人，永远也不能叩开机遇的大门。只有采取积极的人生态度，才能拥有幸福的人生。要想创造出自己的幸福，就勇敢地积极地走在别人的前面吧。

在乱葬岗子里有一座特殊的坟墓，它是一座给狗立的坟墓，上面立着块小小的石碑，碑上写着"忠义救主的狗"，且时时有人给这坟培上新土。

舍生救主的癞皮狗

于艾平

在乱葬岗子里有一座特殊的坟墓，它是一座给狗立的坟墓，上面立着块小小的石碑，碑上写着"忠义救主的狗"，且时时有人给这坟培上新土。原来随着狗一起还埋葬着一个感人的故事。

大概是在解放前，榆树崴子有个孤独的老人，他家徒四壁，穷得什么都没有，只有一只癞皮狗。这狗有小板凳大小，短腿，一身脏兮兮的灰毛打着卷卷，且患有癞皮癣病，人见人烦，生怕沾染它身上的癣。老人是在打草的路上发现它的，这只皮包骨头的小狗趴在路边，爪子交叉在胸前，有气无力，可怜巴巴地望着老人。一定是主人嫌弃它，把它抛弃了，好心的老人把它抱回家里，从此收留了它。

小狗长大了，老人带着它出去打草打柴，形影不离。但他无论用什么样的办法，都无法治好它身上的癞皮癣。这只狗也真没用，吃饱就睡，饿了就盯着人讨吃的，不分自家人还是外家人，只要给它吃的就行。这狗既不能打猎也不会看家，对谁都摇晃尾巴，贼摸进门也一样欢迎，绝对开门揖盗。街坊邻居都劝老人，要这么个东西有啥用，连门都不会看，既然舍不得打死它吃狗肉，还不如扔掉它，再养一只好狗。老人也知道这狗确实不争气，不过再怎么说总是一只狗呀！"它是没大用处，可我和它处惯了，起码有个伴儿！"老人谢绝大伙的劝告，一如既往地和癞皮狗生活在一起……

转眼已到夏天，有一次老人去白桦林打柴，下乱葬岗子时不慎跌落陡崖，当场头破血流昏死过去。癞皮狗"呜呜"地哀叫着，急得团团乱转，怎么也唤不起昏迷不醒的主人。

那年夏天天气特别热，老人躺在毒日头下，汗水和血水一滴到石头上就蒸发干了。由于酷热和流血过多，他几次昏过去又醒过来，蠕动着嘴唇说："水……水……"癞皮狗将耳朵贴在主人嘴边，终于弄懂了他的意思。可是这儿离江汊子至少两里远，对一只狗来说，要打到水是不可能的事情。癞皮狗并没有辜负主人的信任，不再迟疑，只见它跑到江边，在水里滚湿身上的长毛，含起一口江水，飞一样地返回乱葬岗子。

癞皮狗回到山脚下，赶紧对着主人的嘴巴吐出江水，可惜只够老人滋润一下喉咙的。它又将身子贴在主人的脸上，抖掉长毛里的水珠，让他多少凉快些……癞皮狗就这

119

样一趟趟跑着，如法炮制，每次含一口水，滚湿长毛，以最快的速度喂主人一口，再抖掉身上的水珠让他凉快凉快。一趟，两趟，三趟……它不知跑过多少趟，才好不容易把主人救醒了。老人醒来后说："我动不了啦……你快回去找人来……"癞皮狗已累得筋疲力尽，但还是摇摇晃晃地跑回榆树崴子，游过江汊子，冲进邻居家苦苦哀叫，叼住邻居的裤腿往外拽，任人踢打也不松口。

街坊邻居们都觉得奇怪，这狗怎么了，疯了不成！终于有人想起来，眼瞅着太阳就要落山，老人怎么还没有回家？有人跑到江边，见老人的小船仍在对岸，再看看水淋淋的狗，立即明白它是游过江的，老人肯定出事了。于是大家点起火把，划起小船，带着癞皮狗渡过江汊子，让它在前面领路，寻找出事的老人。癞皮狗耷拉着舌头，连叫一声的力气都快没了，但在众人的鼓励和催促下，它仍旧拼尽最后一丝力气，挣扎着一路爬向自己的主人……摔伤的老人获救了，癞皮狗却从此再也没有爬起来，它为救自己的主人活活累死了！

老人伤心至极，流着眼泪做了口棺材，竖起一块小小的石碑，将他的癞皮狗埋葬在乱葬岗子上……榆树崴子一带的人，都知道癞皮狗舍命救主人的故事，非常敬佩这只狗，不管谁来给亲人上坟，都顺手给它添两锹土……

❀❀ 感恩寄语

朋友，就是要患难相助，不离不弃。一只狗就做到了这一点。

狗，一直是人类最忠诚的朋友，舍身救人的故事有很多，本文就再次演绎了这样的故事。一只癞皮狗，被主人收养了，它没有好看的外表，可以说是非常丑陋，也没有看门的本领，更不会打猎。在别人都建议要把它丢掉的时候，主人却和它相处得难以分离。狗，就是主人的一个伴儿，排解了老人的寂寞和孤独。狗，是有感恩之心的，老人到山里砍柴时，不慎跌入山崖，浑身是伤，天气又热，老人昏过去几次又醒过来。当狗弄清楚老人需要水的时候，不惜自己的体力，用嘴和身体为老人带来了有限的水，随后又回村找人搭救，老人得救了，但癞皮狗却活活地累死了。这使我们想到巴黎圣母院里那个丑陋的敲钟人，他虽然外表丑陋，但却拥有一颗善良忠诚的心，危难时刻，不惜牺牲自己的生命。生命之爱，在人和动物之间也能建立，何况人与人呢？对于朋友，我们需要诚心，也需要做到不离不弃！

想着那些艳红的皇后玫瑰，还有卡片上漂亮的花体字，多可爱！即便事情打开头就是个小小的误会，却也因罗兰小姐的善意而变得那么美丽⋯⋯

圣诞夜的皇后玫瑰

金 名

弗兰西斯是个资质普通的孩子，她相貌平常，身体也不娇俏动人，性格过分害羞，学习成绩也一般。无论怎么看，她都属于那种搁在人堆里就找不着的平常孩子。

这种情况如果发生在一个平常家庭里或许没有什么，可弗兰西斯却生长在一个高智商的显赫之家。她的祖父是一个庞大财团的创始人，她的父母都是成就斐然的科学家。从懂事那天起，她就一直在尽最大努力想做出点成绩来表现自己，可一切都是徒劳。而对自己平庸的女儿，她的父母不时也会无奈地叹息说："弗兰西斯是我们家的丑小鸭，一只无法变成天鹅的丑小鸭。"这样的评价有意无意让弗兰西斯幼小的心灵有了深深的自卑感。

弗兰西斯永远是班里最孤单的女生，既不会因为优异成绩而受到任课老师的表扬；也没有特别突出的特长来获得同学们的青睐。天长日久，弗兰西斯把自己封闭起来，她寻找种种借口逃避集体活动，对别人的冷落装出一副无所谓的样子。可事实上，每当听见其他同学谈论那些有趣的晚会或者课余活动时，她的心里就充满了羡慕之情。

这种凄凉的境况一直延续到中学的最后一年。

这年，年级里新来了一位教生物的罗兰小姐。这位年轻漂亮的女教师很快就注意到了形单影只的弗兰西斯，她经常主动接近这个沉默寡言的女生，希望能打开这个女孩子封闭的心扉。她从一些细小的事情上发现了弗兰西斯身上温柔谦和的个性，只是这种美好的品质暂时湮没在她外在的平庸里，像掩埋在普通贝壳里的珍珠般不为常人发觉。

冬天来临的时候，罗兰小姐摔断了腿。弗兰西斯每天下午下课后都会到医院来探望她，跟她讲一些学校的事情。圣诞节的前一天，罗兰小姐问弗兰西斯："我知道，圣诞之夜学校里一定安排了好多聚会，告诉我，明天晚上你打算参加哪一个？"弗兰西斯顿了一下，然后笑笑说："哦，我本来要去参加年级舞会来着，可不巧有户

121

人家非得让我帮忙看小孩。"罗兰小姐点点头，没有再问什么，她断定可怜的弗兰西斯一定没有说实话。

第二天下午，学校里的孩子们开始欢天喜地地做着圣诞夜的最后准备，唯有弗兰西斯沉默地坐在一旁，黯然盘算如何躲到一个不为人知的地方度过这个晚上。

黄昏时分，也不知是谁在宿舍里突然惊叫一声："看呀！那是安德鲁斯，他手里的红玫瑰是送给谁的？"立刻，女孩子们一齐拥到窗口朝外看——安德鲁斯是学校里出名的帅男生，现在正捧着一大把红玫瑰向女生宿舍这边走来。

令人想不到的是，安德鲁斯叩开门，在众目睽睽之下将一大捧红玫瑰送到了弗兰西斯面前。这个意外的举动不仅让其他女孩大吃一惊，更让弗兰西斯瞠目结舌，她根本就没奢望过会有人送花给自己，何况还是学校大多数女孩子心目中的白马王子。"是、是给我、我的？"弗兰西斯结巴着问，两手慌张地背到后面，生怕这是个恶意的玩笑，可是安德鲁斯更进一步把花送给她，肯定地说："就是给你的呀！"

弗兰西斯稀里糊涂地接过花。"嗨，弗兰西斯，给我们念念卡片上的留言好吗？"弗兰西斯抽出花束里的卡片，看了一眼上面的花体字。天哪！一切竟像是做梦！她不觉又瞥了一眼身旁的女同学，她们的脸上流露着或好奇、或不信、或羡慕甚至还有嫉妒的表情。她很懂得那样的心情，她拿着卡片慢慢念道："22朵皇后玫瑰，祝全体女生好运。"说完，她把卡片放进衣袋，将花束大方地捧到同伴们面前。

在一片喧哗声里，只有安德鲁斯没有说话，因为他非常清楚，其实那卡片上写的是"22朵皇后玫瑰，祝我心爱的姑娘好运"。他靠近弗兰西斯低声问："这可是从英国空运来的皇后玫瑰，是送你一个人的玫瑰。"弗兰西斯笑了，她温和地反问道："现在不好吗？每个人都很开心，每个人都能度过一个没有遗憾的圣诞夜。"

生活随着这个圣诞夜起了变化：一个帅男孩透过22朵盛开的皇后玫瑰发现了一个平常女孩的美丽心灵；而那个平常的女孩呢？从此放开自我，快乐地融入集体，并赢得了大家的友谊和尊重——丑小鸭终于变成了美丽温柔的天鹅。

很多年以后，已成为著名建筑师的弗兰西斯在一个颁奖晚会上谈起了那个圣诞夜的皇后玫瑰，言语间无不流露着对安德鲁斯的感激。但是当她走下颁奖台，丈夫安德鲁斯却惊讶地对她说："原来你一直以为那皇后玫瑰……其实那并不是我送你的。记得那天我去医院看望罗兰小姐，她让我把她未婚夫送的圣诞礼物转送给你——22朵寓意好运的皇后玫瑰，她是希望花儿能带给你好运……"

"是吗？真的吗？原来是这样啊。"弗兰西斯轻轻叹了口气说。想着那些艳红的皇后玫瑰，还有卡片上漂亮的花体字，多可爱！即便事情打开头就是个小小的误会，却也因罗兰小姐的善意而变得那么美丽……

✿ 感恩寄语

　　弗兰西斯是个十分普通的孩子，既没有漂亮的外表，也没有骄人的成绩，属于放在孩子堆里就被淹没的人。没有老师表扬她，所有的同学都对她很冷漠，就连她的父母也会不时无奈地叹息说："弗兰西斯是我们家的丑小鸭，一只无法变成天鹅的丑小鸭。"她很自卑，开始有意躲避集体活动，其实，她心里非常美慕其他孩子能随心地参加各种晚会和活动。

　　一个人生下来就会有一个天使帮助他，罗兰小姐就是她的天使。

　　罗兰老师观察到弗兰西斯"身上温柔谦和的个性，只是这种美好的品质暂时湮没在她外在的平庸里，像掩埋在普通贝壳里的珍珠般不为常人发觉"。她做了一个善意的欺骗，但是，却改变了一个平凡女孩的内心世界，给她带来了无比的自信，从此，她的生活充满了阳光，一直到她事业达到辉煌时期，才知道事情的真相。爱，一直延续在她的内心。

　　生活中，每个人都需要充满自信地生活，自信，让人生充满着希望；同时，还要有爱心，爱心可以打动心灵，可以温暖世界。

对我来说，给朋友送行似乎是天下最难的事情了。我实在不擅长于干这种事，或许你也有同感。

送　行

麦克斯·伯尔比姆　英国　陈演平　译

对我来说，给朋友送行似乎是天下最难的事情了。我实在不擅长于干这种事，或许你也有同感。

在房间里，甚至在门阶上，我们都能与朋友十分成功地告别。那么为什么不就这样相别呢？要上路的朋友总是恳请我们不必劳神在第二天一早去车站相送，而我们却总是对这种恳请置若罔闻，认为这不过是客气话。我们及时赶到车站，可是，到那时，哦，到那时，竟出现了一条多么大的鸿沟啊！我们的感情被隔开了。我们不知该说什么好，就像不能说话的动物看着人那样地互相呆视着。我们想方设法寻话说，而又能说出些什么来呢？只能巴望着站警早点吹响哨子，来结束这令人发窘的场面。

上星期一个阴冷的早晨，我准时到达尤斯顿车站，为一位去美国的老友送行。

前一天晚上我们曾为他饯行，席间欢乐的气氛与感慨的心绪融为一体。他这一去得许多年才能回来，我们中的一些人也许将永远不会再见到他了。我们很幸运能与这位朋友相识，想到今后不能与他在一起，大家心中深感惋惜。别离的悲欢之情洋溢着整个宴会，这真是完美的送别。

可是现在，我们来到了车站，在月台上僵硬地站着，一副不自然的样子。我们那位朋友的脸从车窗里露了出来，几乎像是一张陌生人的脸。"东西都带上了吧？"我们中的一位打破沉默问道。

"是的，都带上了。"那位朋友轻快地点了点头。"都带上了。"他又心不在焉地重复了一遍。

"您可以在火车上吃午饭。"我说，尽管这话早就说过多次了。"哦，是的。"他表示赞同。接着他又说火车直达利物浦。我们莫名其妙地互相看了看。

"难道在克鲁不停吗？"我们中的一个人问。

"不停。"他简短地回答。接下去又是一阵沉默。然后，我们中间有一个人朝车上那位朋友点了点头，做出一个笑脸，"唔"了一声。这点头，这微笑，这意义含糊的单音词都得到了对方一丝不苟的回报。随之，沉默又被一位送行者的一阵咳嗽所打破。这咳嗽显然是做作的，但倒也能打发掉一点时间。然而，月台上依旧是一片拥挤与嘈杂，火车没有丝毫要开的迹象，我们和我们朋友的解脱时刻还没有到来。

　　我东张西望的目光落到了月台上一个相当壮实的中年男子身上，他正与邻近车窗里的一位女郎在依依惜别，我对他那漂亮的侧影感到有点眼熟。那女郎一望而知是个美国人，而他显然是英国人。要不是这一点，那动人的神情真要让我把他们当成是父女俩了。我想知道他们在说些什么。他注视着女郎，眼中流露出深沉的慈爱之情，十分感人。我相信他给予那位旅客的一定是最美好的嘱咐。当他最后向女郎话别时，他显得如此富有魅力，就连我站在那儿都能隐约感受到。这吸引人的力量就如同他那漂亮的侧影一样令我似曾相识。我在哪儿见到过呢？

　　我恍然回想起来了——这人是霍伯特·勒·洛斯！但是和最后一次见到他时相比，他的变化多大啊！

　　那是七八年前在斯特拉德时的事了。当时他没排到什么角色，向我借了半个克朗。借东西给他似乎是一件令人荣幸的事，他总是那么富有魅力。为什么这种魅力从未能使他在伦敦的舞台上走运？我始终弄不明白。他是个出色的演员，过着严肃的生活。不过，与他的许多同行一样，霍伯特·勒·洛斯不久后就流落到了乡间，于是我就像别人一样地不再记得他了。

　　时隔多年之后，在尤斯顿车站的月台上见到他如此地阔绰和壮实，不能不令人惊异。使他难以被认出来的不仅在于他发福了，而且还在于他的装束。当年他总是穿着一件仿羊皮的上衣，如今他衣饰庄重，华而不俗，使人肃然起敬。他看来是个银行家，有这样的人为自己送行，任何人都是足以自炫的。"请站开——"火车就要起动了。

　　我向我的朋友挥手告别。勒·洛斯却没有站开，他的双手仍紧握着那美国女郎的手。"请站开，先生。"

　　他松开了手，但随即又冲上前去，轻声说了几句什么，女郎的泪水几乎夺眶而出。他目送着列车远去，热泪盈眶。

　　他转身见到了我，一下子又开心起来，问我这几年都躲到哪儿去了，同时掏出半个克朗还我，好像是昨天刚向我借的。他挽起我的手臂沿着月台慢步走着，一边告诉我他是如何在每个星期六爱不释手地读我的剧评的。

　　我也告诉他，我是多么希望能再在舞台上见到他。"啊，对了，"他说，"我现在已经不在舞台上演出了。"

他把"舞台"一词说得特别重。"那么您在哪儿演戏呢？"我问。"在站台上。""您是说在音乐会上朗诵？"

他笑了。"这个站台，"他悄声说，用手杖顿了顿地面，"这就是我所说的站台。"

难道他那神秘的发迹使得他神志不清了？我感到迷惑，但他看上去十分清醒。

我只得请他解释一番。

他递给我一支烟，替我点燃之后就说开了："我猜想您刚才是在为一位朋友送行，是吗？"我说是的。他又问我认为他刚才在干什么，我当然认为他也在为朋友送行。"不，"他一本正经地说，"那小姐不是我的朋友。我今天早上才第一次见到她，就在这儿，"他说着，再次用手杖顿了顿地面，"离现在还不到半小时。"

我觉得自己被弄糊涂了，他却笑了笑，问我："您可曾听说过英美社交局？"我没听说过。他解释说："每年都有成千上万的美国人到英国来，而许多人在英国是举目无亲的。过去他们总是靠介绍信，但英国人并不好客，开那些信只是在糟蹋纸头。所以，"勒·洛斯继续说，"英美社交局就来满足这个长期的需要。美国人喜欢交际，许多人有的是可花的钱。英美社交局为他们提供英国朋友，收取的费用百分之五十付给这些朋友，其余的归局里。可惜我不是头儿，要不我一定是个阔佬了。我只是一名雇员，但就这样，我也混得不错——我是一名送行者。"

见我还没搞懂，他继续解释说："一些美国人付不起在英国雇朋友的钱，但请人为自己送行这点钱是谁都付得起的。一个单身旅客的费用才五英镑，两人以上的团体是八英镑。他们把钱交给局里，讲好离开的日期和让送行者在月台上辨认他们的标记。然后，嗯，然后，就有人给他们送行了。"

"但是值得这样干吗？"我喊道。"当然值得。"勒·洛斯说，"这可以使他们在离别之际不会感到被人冷落，使他们在站警面前身价陡增，可以使他们赢得旅伴们的尊敬。这里说的旅伴是指那些还要在一起坐船的人，这次送行为他们的整个航海旅行开了个好头。再说，送行本身也是够味儿的。您是看到我和那小姐告别的，难道您不觉得我做得挺动人吗？""动人极了，我承认，我真嫉妒你，而我……"

"是的，我能够想象得出，您站在那儿，从头到脚地不自在，茫然地看着您的朋友，没话找话说。我懂。在我费工夫学习送行术并把这作为自己的职业来干之前，我也是和您一样的。即使现在，我也没有达到炉火纯青的地步，仍然会有怯场。您知道，火车站是一切地方中最难演戏的地方了……"

"可我不是在演戏，我的一切感受都是真的！"我忿忿地说。"我也是在真正地感受呢，我的朋友。"勒·洛斯说，"没有感情是演不成戏的。那个法国人，叫什么名字来着——对了，叫狄德罗，他说得很漂亮，但他真懂得这个吗？火车开动的时候，您不是看到我眼里的泪水了吗？这不是装出来的，我是真正地动了感情的。我敢说您在送行时也和我一样动情，但您却没有一滴泪水可以证明这一点。您不会表达您的感情，也就是说，您不会演戏。"他又补充一句："至少，您是不会在火车站演戏。""教教我吧！"我叫起来。

他望着我，若有所思。"唔，"他终于说，"送行的季节快要过去了，好吧，我可以给您开个课。现在在我手头学生不少，不过，"他掏出一本精致的笔记本翻了翻，"我可以在每星期二和星期五给您上一个钟点的课。"他要的价，我得承认相当高。

感恩寄语

"长亭外，古道边，芳草碧连天。问君此去几时来，来时莫徘徊。天之涯，地之角，知交半零落。人生难得是欢聚，惟有别离多。"这是电影《城南旧事》的主题歌，经过蔡琴低沉委婉的女低音的演唱，离别的沉痛令人荡气回肠。离别，总是很伤感的。虽然古人宽慰自己说"海内存知己，天涯若比邻"，但是，情投意合的知心朋友离开自己，总不是一件令人在感情上能愉快接受的事。无论是流露出来，还是藏在内心，都挽留不住前行者的脚步，怅然若失的感觉像弥漫在空气里的感冒细菌，传染给站台上的每个人。可见，人是非常怕孤独的，即使在一个陌生的地方，也想找个朋友为自己送别，否则，会感到自己倍受冷落。

生活中，相聚和分别是我们时刻要面对的，相聚就意味着下一时刻的分别，而分别，是为了下一次的相聚，悲欢离合离不开情感的相连，明明是一肚子想说的话，但是分别的时候唯有沉默，明明是笑着说再见，而泪水已经流进了心里。这就是情感这东西无法言表的魅力。

127

如果你是我，你该也会用那句刻骨铭心的话来时时激励和警醒自我，一如在心灵某个最脆弱的时刻，他们曾经提醒过我的声音："同学，请大声点！"

同学，请大声点

8岁之前，我是颗全校公认的开心果，天真灵动的大眼睛在课堂上下四处流窜，清脆明亮的笑声被誉为"校广播站"的提示音乐。童年的快乐，无所顾忌。

8岁时，发生了一件事，改写了我的一生。

其实那不过是一次小小的意外，新班主任偶然想起要我重权在握的老爸去调一个八杆子打不着的远房亲戚，一头雾水的老爸随口说道那过来面试吧，话筒中传来一声不屑的闷哼，而后，整个话筒被重重地摔落，似乎预示着我厄运的开始。

日理万机的老爸很快忘记了这不愉快的一幕，而年轻气盛的班主任却念念不忘这番冷遇。

8岁的记忆，本该是我人生最重要的转折，遗憾的是我只能给出一片空白，回忆令人疲倦，而非疼痛，或者是我早已经麻木的结果。其实班主任并没有错，或许，她只是为了宣泄一时的怒气而大发雷霆，暴跳如雷，每个人都有权力愤怒，但她忘记了，自己所面对的，是一个天真无辜、猝不及防的孩子。

到现在，我从来不曾试图去回想，怒容满面的年轻女教师对我做了些什么，怒斥，还是体罚？既没有结果，也毫无意义，因为最直接的后果就摆在那儿——那天之后，一向活泼好动的我忽然缄口不言、噤若寒蝉，甚至连亲戚朋友的问活，我都拒不作答……一周之后，医生对着哭成泪人的老妈长叹一声，说："你的女儿生理功能完全正常，而之所以失声是受到心理创伤之后的自闭。"

一个月之后，面对百般诱导的老妈，我说出了第一个字，在那个轻得不能再轻的象声词里，老妈再次泪如雨下。

但我曾经的天真烂漫不再，曾经的清脆童音不再，我几乎只会嗫嚅着说话，含糊不清得让所有任课老师都懒得问我。

一年之后，新换的班主任看到我，立刻家访，第一句话是，这孩子是不是被继父或后母所虐待？

朋友们不再愿意和一个声若蚊蝇的伙伴玩耍，甚至卖冰棍的大妈也颇为费力才能弄清我需要什么……很多年后我回忆起那段岁月，用这句话来形容自己的感觉："许多人围成一个圈子在游戏，而我则站得很远很远，永不可能与大家融合，温暖的阳光下，我的心灵，寒冷如冰。"

性格上的巨变让我的成绩急转直下，成为一名沉默害羞的"差生"，尽管所有曾夸我冰雪聪明的老师，都愿为我义务补课，却迟迟不见好转。

六年级的时候，来了一位号称"铁腕"的班主任，第一节语文课上，要宣布课代表的时候，所有的人都翘首以待，唯有我把头埋低了，如坐针毡，忍受着被老师点名的危险，那真是种煎熬——尽管我自信绝不会被最重视口才的语文老师选中。

在班主任洪亮的声音里，全班哗然，"我选中的是一个老实人，老实到连话都说不完整、不清楚。"我呆住了，不知道他为什么要和安分守己的我做对，让我承担起如此巨大的麻烦。更加恐怖的还在后面，班主任让出了讲台，要我做一个简短的"就职"演说。

我鼓足勇气站起身，喃喃自语："老师，我的语文成绩不够好……"

老师眯起了眼睛问："你说什么？同学，请大声点！"

我咬了咬牙，把自己的话重复了一遍。

老师皱起了眉再问："同学，你的声音——能不能大一点、再大一点。"

所有人的视线火辣辣地集中在我身上，失落的记忆忽然在此刻复苏，热泪夺眶而出，我似乎又回到了几年之前，手无寸铁、被当众训斥羞辱的场景。一股热流冲顶而出，我不顾一切地大声喊道："老师，我说我的语文成绩不够好！"

老师铁青的脸色忽然渐渐和缓下来，他走到我面前，盯着我的眼睛，慢慢地、一字一句地问："你能有勇气如此大声地当众而喊，难道就没有勇气改写你的分数吗？"

我呆住了，热血凝固在发烫的脑海里，耳边所震荡着的都是方才的声音，"同学，请大声点，再大声点！"

在生命里真实地大声喊出自己的话，我能做到吗？

那天回家，我第一次有了一种写作的冲动，提起笔，写出一篇题为"窗外"的文章。"那层顽固的玻璃，牢牢禁锢着我的心灵，让我无法释放自己。而我，忽然听到了来自于窗外的召唤！"

这召唤，却始终是模糊不清的，那仅仅是一个人的大声疾呼。

尽管我的学习成绩一日千里，令父母和老师喜笑颜开；尽管我开始捧回大大小小作文竞赛的获奖证书，令同学们艳羡不已，但文字并不代表语言的全部，写作并不能够解决我对当众演讲的恐惧，那是深植于我心底的致命创伤。

小学毕业前夕，奉老师之命到低年级介绍学习经验。望着台下人头攒动，我忽然一阵晕眩，竟一个字都吐不出。

孩子们静静地期待着，我努力鼓起勇气想要说些什么，话一出口，却变成了呓语般的悄无声息。台下无数亮晶晶的眼睛，只能平添我的愧疚和恐惧。

在我满头大汗的时候，有一只温暖的手紧紧握住了我，抬起头，是后排听课的一位老师，花白的发，沧桑的皱纹，却掩饰不住唇边那慈爱的微笑。在她越来越浓的笑意里我听到似曾相识的几个字，"同学，请大声点！"

我愕然望着她，这位素昧平生的老师，她的笑容，不是幸灾乐祸的嘲讽，而是发自内心的亲切，"同学，大声点，请再大声一点，告诉听众你的观点，自信地告诉大家，你是对的。"

在她的悄声劝慰里我擦干了急出来的泪水，尽全力去大声念出自己写在心灵里的每一个字——如果你也能够和我一样，从沉默寡言，从缄口不言到可以大声疾呼，那就证明你可以和我一样挑战并且征服自我，一个人连自己都不怕，还需要怕什么呢？

一口气讲完了想要说的，却哑然而笑，笑自己的演讲选错了对象。台下的孩子们睁大了天真的眼睛，似乎根本无法理解我在说什么，凭空传来的一声清脆掌音，来自于始终站在我身侧默默微笑的那位陌生老师。

童年时敏感脆弱的心灵，容易被一些简单的伤害所侵犯，而那伤口，却也会被另一些平凡的故事，渐渐抚平。

十年之后，站在千人汇聚的讲台上，用英文一字一句朗诵出这段话的时候，我洪亮的声音和真挚的情感，引得全场掌声如雷，不绝于耳。

那一刻，我心中空空如也，除了"感激"二字。感激两位曾经帮助过我的老师，在我的脑海中，他们的影像或许会渐渐模糊，而历久弥重的那句话，早已升级为我人生道路上的座右铭。

如果你是我，你该也会用那句刻骨铭心的话来时时激励和警醒自我，一如在心灵某个最脆弱的时刻，他们曾经提醒过我的声音："同学，请大声点！"

感恩寄语

一个孩子的心灵，就像一枚小小的贝壳，本来在水里自由自在地开合，但是，一旦受到伤害，他就心门紧闭，怎么也不愿意敞开心扉。"我"本是一个充满着快乐，无所顾忌的孩子，但是，因为班主任的一次打击，让"我"从此以后噤若寒蝉，就像文中所说的感觉："许多人围成一个圈子在游戏，而我则站得很远很远，永不可能与大家融合，温暖的阳光下，我的心灵，寒冷如冰。""我"失去了曾有天真烂漫，失去了曾有的清脆童音，甚至连说话都说不清，"我"把自己封闭了，然而，内心在无声地哭泣。新来的班主任，用他内心的关爱照亮了"我"内心的黑暗。

"同学，请大声点！"它像一声来自天外的呼喊，撼动了"我"内心坚固的黑暗，像一轮晴日的太阳，给了"我"内心久违的阳光。让"我"重新找回了自信，重新找回了自"我"。那句话，时刻激励和警醒着"我"，在心灵脆弱的时候，让"我"大声对自己说："同学，请大声点"。感谢两位老师的爱，让"我"的内心重新起航。

在我们故乡鲁西南平原的黄土地上，奶奶走完了她一生的路。奶奶，我永远忘不了，您锄地时踩下的那一串串深深的脚印……

我的奶奶

朱述新

我的奶奶是大前年去世的，活了80多岁。奶奶病重的时候，我因为忙于工作，没有回故乡看她老人家。当奶奶逝世的噩耗传来时，我哭了，先是默默地流泪，后来忍不住号啕大哭起来。哭过之后，我痛苦地闭上眼睛。我仿佛清楚地看见奶奶了，看见她瘦小的身躯，她的一头白发，她永远微笑的慈祥的面容……

奶奶一辈子不知道受了多少苦，为了我，为了我们。就说我吧，这条命就是奶奶抢救下来的。抗战胜利后，蒋介石挑起内战，"还乡团"杀气腾腾地来到我们家乡，抓"抗属"，杀干部，连孩子也不肯放过。母亲去微山湖找我们的队伍去了。奶奶带着两岁的我和不足周岁的弟弟，东躲西藏，吃没的吃，住没处住，日子怎么过呀！隆冬腊月，奶奶抱着我们小兄弟俩，坐在冰冷的破屋里，把讨来的煎饼一口一口地嚼烂，喂我一口，喂弟弟一口。小弟弟不肯吃，又饿又冷，哭个不停。奶奶一边一个紧搂着我和小弟，用她的体温温暖着我们，她自己也瑟缩发抖。那天夜里，小弟没气了。奶奶便更紧地把我裹在衣襟里，同时想把小弟冰凉的小身子暖过来……她要保住活着的孙子，又想救活死了的孙子！以后，我懂事的时候，就常听奶奶说："活生生地把你小弟弟冻死了，饿死了！"说着泪流不止。哪能怨奶奶呢？没有奶奶，我能活下来吗？我懂。

从那以后，奶奶时刻不离地抱着我，领着我。奶奶的脚裹得很小，但她领着我走过了那黎明前最黑暗、最寒冷的路。奶奶是坚强的。到后来才知道，正是在那段岁月里，她最心爱的儿子——我的二叔牺牲了，我的十几岁的三叔被反动派抓去了。敌人抓三叔的时候，奶奶抱着我追赶着，一路斥骂那些匪徒，引得四面八方的乡亲们都来向匪徒要人，吓得他们朝天放枪。不久，我的爷爷也被反动派抓去，折磨了很久，含恨而逝了。在那兵荒马乱、家破人亡的日子里，奶奶保护着我，哺育着我，坚强地挺下来，熬过来了。奶奶的心是最软的，但那时候她从未哭过；可谁又知道她吞下了多少悲愤的眼泪啊！

大军南下的时候，奶奶带着我，日夜在村口看我们队伍向前方进发。她常常看花了眼，指着队伍对我说："那个，骑高头大马的，就是你爹！"再一看，不是。她撩起衣襟擦眼泪。

解放了。家乡的人们都劝奶奶："该跟你儿子进城享福去了！"奶奶总是摇摇头。她不愿离开这洒着自己亲人鲜血的故土，也不愿丢下我。一些老人们都说奶奶"憨"、"没福气"。老人们说："这江山可有您的份啊！""那年鬼子进村，把你绑在石磨上，刺刀压着脖子，您可眼皮也没眨！""您儿子可当大官了，他知道您受的那些苦吗？"奶奶听了，什么也不说，只是微笑着，那是多么美好、多么慈祥和宽厚的笑容啊！

奶奶是勤劳的，我从来不记得她有闲着的时候。解放初期，军属的土地是由政府负责，找人"代耕"的。可奶奶总也不让人家帮我们干活。她成天在地里劳动。有一次，她去锄地，我去给她送水，见锄过的地上留下奶奶一排排窄小的、深深的脚印。我心疼极了，跑去抱住奶奶，再也不让她锄了。奶奶却说："好孩子，庄稼人哪能不锄地？不种地还能长粮食？"这样朴素的道理，我很快就接受了，并且由奶奶手把手教会了锄地。

60年代初，我来北京上大学。奶奶年纪大了，不能种庄稼了，也来北京住在姑姑家。姑姑和姑父都是工人，奶奶和他们相处得很好。进了城，她老人家还是闲不住，家里的活总是抢着干。我就读的人民大学离姑姑家很近，有空就跑去看奶奶。奶奶总要给我下面条吃，削萝卜吃，还给我洗衣服、补袜子。姑姑笑着说："您把他惯坏了！"奶奶也笑着说："哪是惯他呢？我是教他呀！"真的，我后来就学会自己洗衣服、补袜子了。

奶奶永远都是宽容的、慈爱的。记得有一次，父亲从南方某省城来京开会，来看了奶奶一次，一会儿就坐小汽车走了。奶奶一直看到小汽车没影了，回来后忽然又懊悔又担心地说："看看，也没给他做点儿吃的，饿着他了吧？"我第一次跟奶奶发火了："他是什么人物？能饿着吗？连一块饼干也没给您带哪！"奶奶也是第一次嗔怪地说我："瞎说什么？他是你爹！"

"文化大革命"起来了。在家乡当生产队长的三叔也成了"走资派"，挨了批斗，逃到北京避难来了。奶奶说："你到这里，一个村子谁管？走，我跟你回去！"说走就走，谁也劝不了。后来听说，奶奶回去后，坐在大门口纳鞋底，"造反派"们谁也不敢揪三叔。一个愣小子硬要冲进我们家，被他爷爷劈头盖脸狠揍了一顿，还是奶奶拉开的。村里的"造反派"怎么也闹腾不起来。后来三叔又带着大家抓起生产来了。

奶奶从那以后再也没有进城来。她晚年在家乡，能干的活都干，能吃的苦都吃，从不向在"外边"当干部的儿孙要钱。在我们故乡鲁西南平原的黄土地上，奶奶走完了她一生的路。奶奶，我永远忘不了，您锄地时踩下的那一串串深深的脚印……

感恩寄语

奶奶是一位吃苦耐劳的人，她的一生是在饱经忧患中度过的，丈夫被杀害了，儿子为革命牺牲了，自己含辛茹苦地拉扯大孩子，还得继续抚养孙子，在那样艰难的岁月里，是多么不容易呀！然而，坚强的奶奶就这样一步一步，迈着她的小脚，把困难和艰辛狠狠地甩在了后面，奶奶不愿意到城里去享福，喜欢她扎根的土地。她勤劳，不想让人帮助，用自己的劳动为自己赢得大家的尊重；她更是宽容的、慈祥的，真诚地对待儿女和周围的人；在她身上还表现出了正义之感，没有人敢在她面前胡作非为，她维护了众人的利益。不平凡的岁月造就出不平凡的奶奶，她是一位伟大的英雄母亲，一位普通的中华女性的代表，也是最疼我的人。世上最疼"我"的人走了，"我"永远记得她在干涩的黄土地上留下的深深的脚印，也永远记得她为"我"所做的付出，让"我"有了第二次生命。虽然，岁月留不住她的容颜，但她的精神和疼爱却永远留在"我"的心中。

她说，这是她有生以来过得最最快活的一天。我觉得她眼里含着泪水。总之，我们大家都感觉到，我们所做的一切得到了最大的报偿。

我们是怎样过母亲节的

斯蒂芬·里柯克　加拿大

一个家庭成员的自述

在最近提出来的所有各式各样的意见中，我认为，一年过一次"母亲节"这个主意要算最高明了。难怪 5 月 11 日在美国正在成为一个人人喜爱的日子，而且我还相信，这样的想法也一定会蔓延到英国去。

在我们这样一个大家庭里，这个想法特别受欢迎，所以我们决定为"母亲节"举行一次特别庆祝。我们觉得这是个好主意，它使我们大伙儿都体会到，母亲为我们成年累月地操劳，她吃足苦头和付出牺牲，全都是为了我们的缘故。

因此，我们决定把这一天过得痛痛快快的，成为全家的一个节日。我们要做一切我们力所能及的事情让母亲高兴。父亲决定向办公室请一天假，好在庆祝节日时帮帮忙，姐姐安娜和我从大学请假回家，妹妹玛丽和弟弟维尔也从中学请假回来了。

我们的计划是，把这一天过得像过圣诞节或别的盛大的节日一样隆重，我们决定用鲜花点缀房间，在壁炉上摆些格言，以及诸如此类的事情。我们请母亲安排格言和布置装饰品，因为在圣诞节她是经常干这些事情的。

两个姑娘考虑到，逢到这样一个大场面，我们应该穿戴得最漂亮才合适，于是她们俩都买了新帽子。母亲把两顶帽子都修饰了一番，使它们显得挺好看的。父亲给他自己和我们兄弟俩买了几条带活结的丝领带，作为纪念母亲节这个节日的纪念品。

我们也准备给母亲买顶新帽子，不过，她倒是似乎更喜欢她那顶灰色的旧无沿帽，不喜欢新的，而且两个女孩子都说，那顶旧帽子，她戴了非常合适。

早饭后，我们做了一个出乎母亲意料之外的安排，我们准备雇一辆汽车，把她载到乡下去美滋滋地兜游一番。母亲一向是难得有这样一种享受的，因为我们只雇得起一个女佣人，在家里母亲几乎就得整天忙个不停。当然，如今乡下正是风光明媚的时节，要是让她驱车游逛几十里，度过一个美好的早晨，这对她来说可真会是莫大的享受。

但是，就在当天早晨，我们把计划稍微修改了一下，因为父亲想起了一个主意，

　　与其让母亲坐在汽车里逛来逛去，倒不如带她去钓鱼更妙。父亲说，出租汽车么，雇了一样得花钱，我们何不利用它又游玩又开到山上有溪流的地方去钓鱼呢。就像父亲说的，如果只是驱车出游而没有一个目标，那么你就会有一种漫无目的之感；可是如果你要去钓鱼，前面就有个明确的目标，能提高你的兴致。

　　我们大伙儿都感觉到，对母亲来说，有个明确的目标会更好些；再说，不管怎样，父亲昨天刚好又买了一根新钓竿，这就更自然而然地使他想起钓鱼来了。他还说，要是母亲愿意的话，她还可以使用那根钓竿；真的，他说过，钓竿实际上是给她买的，不过母亲说，她宁愿看着父亲钓鱼，她自己却不想钓。

　　这样，我们便为这次旅行做好了一切安排，我们让母亲切了些夹心面包片，为了怕我们肚子饿，还准备了一顿便餐，当然中午我们还要回到家里来吃一顿丰富的正餐，就像过圣诞节那样。母亲把所有的东西都给我们收拾齐全，放到一只篮子里，准备上车。

　　唉，车子到了门口的时候，不料汽车里面看来并没有我们想象得那么宽敞，因为我们没有把父亲的鱼篓、钓竿以及便餐估计在内，显然，我们没法儿都坐进车里去。

　　父亲叫我们不必管他，他说他留在家里也很不错，而且他相信他能利用这段时间在花园里干点活儿；他说那里有一大堆他可以干的粗活和脏活，比如挖个垃圾坑什么的，这就免得雇人来干了，所以他愿意留在家里；他说我们也用不着顾虑他三年来一直没有过过一个真正的假日这回事；他要我们马上出发，快快活活地过个节，不要为他操心；他说他能够整天埋头干活，而且，真的，他还说，本来他想过个什么节就是想入非非。

　　不过，当然我们全都觉得，让父亲留在家里可绝对不行；特别是，我们都知道，他果真留下来的话，准会闯祸。安娜和玛丽姐妹俩倒也都乐意留下来，帮着女佣人做中饭，只是，在这样一个美好的日子里，她们买了新帽子不戴一戴，未免太使人扫兴。不过，她们都表示，只要母亲说句话，她们就都乐意留在家里干活。维尔和我本来也愿意退出，但不幸的是，我们在准备饭菜上，却是一点忙也帮不上。

　　因此，到最后，决定还是母亲留下来，就在家里痛痛快快地休息一天，同时准备午饭。反正母亲不喜欢钓鱼，而且尽管天气明媚，阳光灿烂，但室外还是有点凉，父亲有些担心，要是母亲出门，她没准会着凉的。

　　他说，当母亲本来可以好好地休息的时候，如果他硬拉她到乡下去转悠，一下子得了重感冒，他是永远不会原谅自己的。他说，母亲既然已经为我们大伙儿操劳了一辈子，我们有责任想方设法让她尽可能安安静静地多休息会儿。他还说，他之所以想到出门去钓鱼，主要是，这么一来就可以给母亲一点安静。他说年轻人很少能体会到，安静对于上了年纪的人有多么重大的意义。关于他自己，他总算还够硬朗，不过他很高兴能让母亲避免这一场折腾。

于是我们向母亲欢呼了三次之后就开车出发了。母亲站在阳台上，从那里瞅着我们，直到瞅不见为止。父亲每隔一会儿就转身向她挥手，后来他的手撞在车后座的边上，他才说，他认为母亲再看不着我们了。

我们把汽车开到美妙无比的山岗中行驶，度过了最愉快的一天。父亲钓到了各式各样的大鱼，他敢肯定，要是母亲来钓的话，她是无论如何也拽不上来的。

维尔和我也都钓了，不过我们钓的鱼都不及父亲钓的那么多。至于那两个姑娘呢，在我们乘车一路去的时候，她们碰到不少熟人，在溪流旁边她们还遇到几个熟识的小伙子，便在一块儿聊起来。这一回，我们大伙儿都玩得痛快极了。

我们到家已经很晚，快到下午七点了，不过母亲猜到我们会回来得晚，于是她把开饭的时间推迟了，热腾腾的饭菜给我们准备着。可是首先她不得不给父亲拿来手巾和肥皂，还有干净的衣服，因为他钓鱼时总是弄得一身肮里肮脏的，这就叫母亲忙了好一阵子，接着，她又去帮女孩子们开饭。

终于，一切都齐备了，我们便在最最豪华的筵席上坐下来，有烤火鸡和圣诞节吃的各种各样的好东西。吃饭的时候，母亲不得不屡次三番地站起来，去帮着上菜、收盘，再坐下来吃；后来父亲注意到这种情况，便说，她完全不必这样忙来忙来，他要她歇会儿，于是他自己便站起身到碗橱里去拿水果。

这顿饭吃了好长时间，真是有趣极了。吃完饭，我们大伙儿争着帮忙擦桌子、洗碗碟，可是母亲说她情愿亲自来做这些事，我们只好让她去做了，因为这一次我们也总得迁就她才行。

一切收拾完毕，已经很晚了。睡觉之前我们全都去吻过母亲；她说，这是她有生以来过得最最快活的一天。我觉得她眼里含着泪水。总之，我们大家都感觉到，我们所做的一切得到了最大的回报。

❀感恩寄语

母亲节是天下人都应该为之好好庆祝的节日，因为母亲为我们付出的太多太多了，整日为人做嫁衣，从没有想着为自己做些什么，而且是毫无怨言的。有首歌唱得好："世上只有妈妈好，有妈妈的孩子像块宝。"母亲节的到来给全家带来了快乐，我们高兴，是因为我们孩子们终于可以找到理由让母亲高兴了，母亲，也为家人的付出而高兴。文中，虽然母亲没有像"我们"一样在外面钓鱼，还亲自为饥饿的"我们"准备了丰盛的晚餐，但她毫无怨言，就像平时一样，做好了饭等待着"我们"归来。节日，只是一个纪念，重要的是我们需要时刻理解母亲为全家所做的一切，也像母亲牵挂着儿女一样地牵挂着她。母亲，为家庭操劳一生，等到霜花染白黑发，仍用不再挺直的腰身为我们守望着家；等到眼角爬满皱纹，仍用瘦弱的肩膀为我们撑起爱的伞，继续为我们遮风挡雨，直到最后，也抛不下那份对孩子和家人的牵挂。母亲，是一个让人从心底发出的声音，从出生到终老，这声音永不止歇。

大哥一下子明白了。他一把抢过嫂子手中的 20 元钱，赶紧跑上街头。但是，那个汉子的身影已经无从寻觅。

心灵折旧费

这是 5 年前的事儿了。那时，大哥刚刚下岗，在县城的一个十字路口，租了一间铁皮小屋，卖些烟酒之类。

一天黄昏，一位中年汉子走到大哥的铁屋前。汉子放下手中沉甸甸的编织袋，从口袋里摸索出 5 毛钱，买了一包劣质的香烟。汉子抽出一支烟，点上，然后和大哥寒暄起来。从谈话中，大哥了解到，汉子就是我们县的人，刚刚从外地打工回来。汉子说，他的家距离县城还有 20 多里的土路，汉子很犹豫地提出，能不能从大哥那里借一辆自行车，因为他已经坐了一晚上和一整天的车了。大哥看看夜幕已经降临，又打量着眼前这位陌生的民工，最后还是把他那辆"除了车铃不响哪都响"的东方红牌自行车推了出来。当时的大哥，确实多了一个心眼。他本来刚买了一辆新自行车，但是大哥可不敢轻易地相信别人。

汉子十分感激，说最晚明天上午就把车还回来。也许是由于匆忙，汉子并没有来得及留下他的姓名以及村庄，就匆匆地骑车走了。

晚上，当我的嫂子听说大哥把自行车借给一位陌生人的时候，和大哥大闹了一场，嫂子说我的大哥是榆木疙瘩不开窍，这回肯定被人骗了，不信等着瞧。

第二天上午，大哥焦急地等候在铁皮屋前，他多么希望那位汉子早点儿出现呀，然而，时间一分一秒地过去了，大街上人来人往，却没有那位汉子的身影。嫂子在一旁不断地敲敲打打、冷嘲热讽，大哥由沉默变得烦躁，又由烦躁变得愤怒。

大概是在中午 12 点半的时候，那位汉子骑着车子忽然出现在大哥面前。汉子擦了一把脸上的汗水，连声说着："对不起，对不起，来晚了。"大哥先是惊喜，但随之而来的是一股无明之火从心底升起。大哥厉声说："对不起个屁！你耽误了我的大事！"汉子很尴尬地站在一旁，手足无措。忽然，大哥灵机一动说："这样吧，我不能把自行车白借给你，你得掏点钱，就算是车子的'折旧费'吧。"大哥很为自己的"聪明"而得意，他知道，自己的这一招肯定会赢得老婆的赞许。果然，一直在旁边站立的嫂子，脸上顿时露出了欣喜的笑容。但是，那位汉子显然被这突如其来的变化搞懵了，他嗫嚅着说："行……你说……多少钱？"大哥说："你拿 20 块钱吧。"汉子没有说话，从口袋里掏出两张 10 元的纸币，递给大哥。然后，汉子又说了一声："谢谢你了，俺走了。"说完，汉子头也不回地融入人群之中。

看着汉子已经走远，大哥才转过身，把那 20 元钱狠狠地甩给嫂子。然后，大哥准备把车子往里推一下。忽然，大哥愣住了！因为他看到了一个崭新的车铃，用手一拨，发出一阵脆响。大哥再仔细一看，车子确实是自己的东方红，但是变化的不仅仅是车铃，还有两只崭新的脚蹬子，刚刚上了油的链条以及擦拭一新的车瓦。

大哥一下子明白了。他一把抢过嫂子手中的 20 元钱，赶紧跑上街头。但是，那个汉子的身影已经无从寻觅。

如今，大哥自己开办了一家企业，企业红红火火。大哥多次对我说，那 20 元钱，是他一生的心灵折旧费。而在大哥厂子的门口，我看到了四个大字：诚信为本。

🌸感恩寄语

诚信，是做人的根本。小时候，上学开始的第一堂课，老师就给我们讲《狼来了》的故事，告诉我们要诚实守信。文章里"我"的大哥，显然是一个乐于帮助别人的人，要不然也不会那么轻易地把车子借给那个陌生的汉子，但是，大嫂却把大哥埋怨了一顿不说，甚至为这个破旧的自行车还大吵了一架。大嫂的私心太重，遮住了大哥的心灵。所以，当第二天，那个汉子来还车时，大哥情绪激动地问汉子要了 20 元钱的折旧费，结局却是戏剧性的，那辆"除了车铃不响哪都响"的东方红牌自行车换了崭新的面貌，该能换的部件都换成新的了。汉子的诚信，给大哥利欲熏心的心灵重重的一击，让他清醒，诚信，在人与人之间应该有着举足轻重的位置。有时候，不是任何行为都能用金钱去衡量的。大汉的身上，诚信，就闪现着足金的光辉。诚信，是做人的根本，虽然无法触摸，但却雕刻在生活的角角落落。只有诚信，人人才能真心相待。

一个个无情的误解，纷乱了幸福的脚步。当命运的死结终于用代价打开，一切都为时已晚。

幸福为何来了又走

芦荻

一个个无情的误解，纷乱了幸福的脚步。当命运的死结终于用代价打开，一切都为时已晚。

结婚两年后，先生跟我商量把婆婆从乡下接来安度晚年。先生很小时父亲就过世了，他是婆婆唯一的寄托，婆婆一个人扶养他长大，供他读完大学。"含辛茹苦"这四个字用在婆婆身上，绝对不为过！我连连说好，马上给婆婆收拾出一间南向带阳台的房间，可以晒太阳，养花草什么的。先生站在阳光充足的房间里，一句话没说，却突然举起我在房间里转圈，在我张牙舞爪地求饶时，先生说："接咱妈去。"

先生身材高大，我喜欢贴着他的胸口，感觉娇小的身体随时可被他抓起来塞进口袋。当我和先生发生争执而又不肯屈服时，先生就把我举起来，在脑袋上方摇摇晃晃，一直到我吓得求饶。这种惊恐的快乐让我迷恋。

婆婆在乡下的习惯一时改不掉。我习惯买束鲜花摆在客厅里，婆婆后来实在忍不住了："你们娃娃不知道过日子，买花干什么？又不能当饭吃！"我笑着说："妈，家里有鲜花盛开，人的心情会好。"婆婆低着头嘟哝，先生就笑："妈，这是城里人的习惯，慢慢地，你就习惯了。"婆婆不再说什么，但每次见我买了鲜花回来，依旧忍不住问花了多少钱，我说了，她就"啧啧"咂嘴。有时，见我买大包小包的东西回家，她就问这个多少钱那个多少钱，我如实回答，她的嘴就咂得更响了。先生拧着我的鼻子说："小傻瓜你别告诉她真实价钱不就行了吗？"

快乐的生活渐渐有了不和谐音。婆婆最看不惯我先生起来做早餐。在她看来，大男人给老婆烧饭，哪有这个道理？早餐桌上，婆婆的脸经常阴着，我装做看不见。婆婆便把筷子弄得叮当乱响，这是她无声的抗议。我在少年宫做舞蹈老师，跳来跳去已够累的了，早晨暖洋洋的被窝太舒服了，我不想扔掉这唯一的享受，于是，我对婆婆的抗议装聋作哑。

婆婆偶尔帮我做一些家务，她一做我就更忙了。比如，她把垃圾袋通通收集起来，说等攒够了卖废塑料，搞得家里到处都是废塑料袋；她不舍得用洗洁精洗碗，为了不伤她的自尊，我只好偷偷再洗一遍。一次，我晚上偷偷洗碗被婆婆看见了，她"啪"的一声摔上门，趴在自己的房间里放声大哭。先生左右为难，事后，先生一晚上没跟我说话，我撒娇，耍赖，他也不理我。我火了，问他："我究竟哪里做错了？"先生瞪着我说："你就不能迁就一下，碗再不干净也吃不死人吧？"

　　后来，好长一段时间，婆婆不跟我说话，家里的气氛开始逐渐尴尬。那段日子，先生活得很累，不知道要先逗谁开心好。

　　婆婆为了不让儿子做早餐，义无反顾地承担起烧早饭的"重任"。婆婆看着先生吃得快乐，再看看我，用眼神谴责我没有尽到做妻子的责任。为了逃避尴尬，我只好在上班的路上买包奶打发自己。睡觉时，先生有点生气地问我："芦荻，是不是嫌弃我妈做饭不干净才不在家吃？"他翻了一个身，扔给我冷冷的脊背，任凭我委屈地流泪。最后，先生叹气："芦荻，就当是为了我，你在家吃早餐行不行？"我只好回到尴尬的早餐桌上。那天早晨，我喝着婆婆烧的稀饭，忽然一阵反胃，肚子里所有的东西都抢着向外奔跑，我拼命地压制着不让它们往上涌，但还是没压住，我扔下碗，冲进卫生间，吐得稀里哗啦。当我喘息着平定下来时，听见婆婆夹杂着家乡话的抱怨和哭声，先生站在卫生间门口愤怒地望着我，我干张着嘴巴说不出话，我真的不是故意的。我和先生开始了第一次激烈的争吵，婆婆先是瞪着眼看我们，然后起身，蹒跚着出门去了。先生恨恨地瞅了我一眼，下楼追婆婆去了。

　　意外迎来新生命，却突然葬送了婆婆的性命！

　　整整三天，先生没有回家，连电话都没有。我正气着，想想自从婆婆来后，我够委屈自己了，还要我怎么样？莫明其妙的，我总想呕吐，吃什么都没有胃口，加上乱七八糟的家事，心情差到了极点。后来，还是同事说："芦荻，你脸色很差，还是去医院看看吧。"

医院检查的结果是我怀孕了。我明白了那天早晨我为什么突然呕吐，幸福中夹着一丝幽怨：先生和作为过来人的婆婆，他们怎么就丝毫没有想到呢？

在医院门口，我看见了先生。仅仅三天没见，他憔悴了许多。我本想转身就走，但他的模样让我心疼，没忍住，我喊了他。先生循着声音看见了我，却好像不认识了，眼神里有一丝藏不住的厌恶，它们冰冷地刺伤了我。我跟自己说："不要看他，不要看他。"伸手拦了一辆出租车。那时，我多想向先生大喊一声："亲爱的我要给你生宝贝了！"然后被他举起来，幸福地旋转。我希望的没有发生。在出租车里，我的眼泪才迟迟地落下来。为什么一场争吵就让爱情糟糕到这样的程度？回家后，我躺在床上想先生，想他满眼的厌恶。我握着被子的一角哭了。

夜里，家里有翻抽屉的声音。打开灯，我看见先生泪流满面的脸。他正在拿钱。我冷冷地看着他，一声不响。他对我视若不见，拿着存折和钱匆匆离开。或许先生是打算彻底离开我了。真是理智的男人，情与钱分得如此清楚。我冷笑了几声，眼泪"哗啦哗啦"地流下来。

第二天，我没去上班。想彻底清理一下自己的思绪，找先生好好谈一次。找到先生的公司，秘书有点奇怪地看着我说："陈总的母亲出了车祸，正在医院里呢。"我瞠目结舌。

飞奔到医院，找到先生时，婆婆已经去了。先生一直不看我，一脸僵硬。我望着婆婆干瘦苍白的脸，眼泪止不住：天哪！怎么会是这样？直到安葬了婆婆，先生也没跟我说一句话，甚至看我一眼都带着深深的厌恶。

关于车祸，我还是从别人嘴里了解到大概，婆婆出门后迷迷糊糊地向车站走，她想回老家，先生越追她走得越快，穿过马路时，一辆公交车迎面撞过来……

我终于明白了先生的厌恶，如果那天早晨我没有呕吐，如果我们没有争吵，如果……在他的心里，我是间接杀死他母亲的罪人。

先生默不作声搬进了婆婆的房间，每晚回来都满身酒气。而我一直被愧疚和可怜的自尊压得喘不过气来，想跟他解释，想跟他说我们快有孩子了，但看着他冰冷的眼神，又把所有的话都咽了回去。我宁愿先生打我一顿或者骂我一顿，虽然这一切事故都不是我的故意。

日子一天一天地窒息着重复下去，先生回家的时间越来越晚。我们僵持着，比陌路人还要尴尬。我是系在他心上的死结。

一次，我路过一家西餐厅，穿过透明的落地窗，我看见先生和一个年轻女孩面对面坐着，他轻轻地为女孩拢了拢头发，我就明白了一切。先是呆，然后我进了西餐厅，站在先生面前，死死盯着他看，眼里没有一滴泪。我什么也不想说，也无话可说。女孩看看我，看看我先生，站起来想走，我先生伸手按住她，然后，同样死死地，绝不示弱地看着我。我只能听见自己缓慢的心跳，一下一下跳动在濒临死亡般的苍白边缘。

输了的是我，如果再站下去，我会和肚子里的孩子一起倒下。

那一夜，先生没回家，他用这样的方式让我明白：随着婆婆的去世，我们的爱情也死了。

先生再也没有回来。有时，我下班回来，看见衣橱被动过了——先生回来拿一点自己的东西。我不想给他打电话，原先还有试图向他解释一番的念头，一切都彻底失去了。

我一个人生活，一个人去医院体检，每每看见有男人小心地扶着妻子去做体检，我的心便碎得不像样子。同事劝我打掉算了，我坚决说不，我发疯了一样要生下这个孩子，也算对婆婆的死的补偿吧。

我下班回来，先生坐在客厅里，满屋子烟雾弥漫，茶几上摆着一张纸。没必要看，我知道上面是什么内容。先生不在家的两个多月，我逐渐学会了平静。我看着他，摘下帽子，说："你等一下，我签字。"先生看着我，眼神复杂，和我一样。

我一边解大衣扣子一边在心里对自己说："不哭不哭……"眼睛很疼，但我不让它们流出眼泪。挂好大衣，先生的眼睛死死盯在我已隆起的肚子上。我笑笑，走过去，拖过那张纸，看也不看，签上自己的名字，推给他。"芦荻，你怀孕了?"自从婆婆出事后，这是先生第一次跟我说话。我再也管不住眼睛，眼泪"哗啦"地流下来。我说："是啊，不过没事，你可以走了。"

先生没走，黑暗里，我们对望着。先生慢慢趴在我身上，眼泪渗透了被子。而在我心里，很多东西已经很远了，远到即使我奔跑都拿不到了。不记得先生跟我说过多少遍"对不起"了，我也曾经以为自己会原谅。却不能，在西餐厅先生当着那个女孩的面，看我的冰冷的眼神，这辈子，我忘记不了。我们在彼此心上划下了深深的伤痕。我的，是无意的；他的，是刻意的。

期待冰释前嫌，但过去的已无法重来！

除了想起肚子里的孩子时心里是暖的，而对先生，我心冷如霜，不吃他买的任何东西，不要他的任何礼物，不跟他说话。从在那张纸上签字起，婚姻以及爱情统统在我的心里消亡。有时先生试图回卧室，他来，我就去客厅，先生只好睡回婆婆的房间。夜里，从先生的房间有时会传来轻微的呻吟，我一声不响。这是他习惯玩的伎俩，以前只要我不理他了，他就装病，我就会乖乖投降，关心他怎么了，他就一把抓住我哈哈大笑。他忘记了，那时，我会心疼是因为有爱情，现在，我们还有什么？

先生的呻吟断断续续持续到孩子出生。他几乎每天都在给孩子买东西，婴儿用品，儿童用品，以及孩子喜欢的书，一包包的，快把他的房间堆满了。

我知道他是用这样的方式感动我，而我已经不为所动。他只好关在房间里，用电脑"噼里啪啦"敲字，或许他正在网恋，但对我已经是无所谓的事了。

转年春末的一个深夜，剧烈的腹痛让我大喊一声，先生一个箭步冲进来，好像他根本就没脱衣服睡觉，为的就是等待这个时刻的到来。先生背起我就往楼下跑，拦车，一路上紧紧地攥着我的手，不停地给我擦掉额上的汗。到了医院，背起我就往产科跑。趴在他干瘦而温暖的背上，一个念头忽然闯进心里：这一生，谁还会像他这样疼爱我？

先生扶着产房的门，看着我进去，眼神暖融融的。我忍着阵痛对他笑了一下。从产房出来，先生望着我和儿子，眼睛湿湿地笑啊笑啊的。我摸了一下他的手。先生望着我，微笑，然后，缓慢而疲惫地软塌塌倒下去。我喊他的名字……先生笑着，没睁开疲惫的眼睛……我以为再也不会为先生流一滴泪，事实却是，从没有过如此剧烈的疼撕扯着我的身体。医生说，我先生的肝癌发现时已是晚期，他能坚持这么久是绝对的奇迹。我问医生什么时候发现的？医生说五个月前，然后安慰我："准备后事吧。"

我不顾护士的阻拦，回家，冲进先生的房间打开电脑，心一下子被疼窒息了。

先生的肝癌在五个月前就已发现，他的呻吟是真的，我居然还以为……

电脑上的20万字，是先生写给儿子的留言：

孩子，为了你，我一直在坚持，等看你一眼再倒下，是我现在最大的愿望……我知道，你的一生会有很多快乐或者挫折，如果我能够陪你经历这个成长历程，该是多么快乐，但爸爸没有这个机会了。爸爸在电脑上，把你一生可能遇到的问题一一地写下来，等你遇到这些问题时，可以参考爸爸的意见……孩子，写完这20多万字，我感觉像陪你经历了整个成长过程。真的，爸爸很快乐。好好爱你的妈妈，她很辛苦，是最爱你的人，也是我最爱的人……

从儿子去幼儿园到读小学，读中学，大学，到工作以及爱情等方方面面，事无巨细都写到了。

先生也给我写了信：

亲爱的，娶了你是我一辈子最大的幸福，原谅我对你的伤害，原谅我隐瞒病情，因为我想让你有个好的心情等待孩子的出生……亲爱的，如果你哭了，说明你已经原谅我了，我就笑了，谢谢你一直爱我……这些礼物，我担心没有机会亲自送给孩子了，麻烦你每年替我送他几份礼物，包装盒子上都写着送礼物的日期……

回到医院，先生依旧在昏迷中。我把儿子抱过来，放在他身边，我说："你睁开眼笑一下，我要让儿子记住他在你怀抱里的温暖……"

先生艰难地睁开眼，微微地笑了一下。

儿子依偎在他怀里，舞动着粉色的小手。我"喀嚓喀嚓"按着相机的快门，泪水在脸上恣意地流淌……

感恩寄语

世间有多少爱可以重来，不，没有多少可以重新来过，很多爱走了就不会再来，文中的故事记叙的就是爱走了，没有重来的机会。其实，事情本来可以向着好的方向去发展的，如果大家都可以相互理解和宽容的话，婆婆是个乡下人，过惯了勤俭的生活，看到什么浪费了就觉得可惜，或是买东西花钱贵了就不值；媳妇是城里人，过惯了养尊处优的生活，要买的东西当然是时尚的，在婆婆看来又不中用，白浪费了钱，东西好的花钱多的，都成了矛盾的焦点。所以，两人的生活习惯，生活观念都大相径庭，误会和矛盾往往就避免不了，若此时，"我"能多放下自尊多解释些，婆婆也能进行一下换位思考，丈夫能够在两者之间进行协调，事情不至于发展到后来的结局。然而，因为大家的不冷静，让原本充满了爱的家庭失去了亲情和爱情。所以，当你深爱着一个人的时候，就包容他或她的一切，做到爱屋及乌，亲情和爱情会更圆满。

第六辑　远去的歌

　　两情相悦需要更多的宽容和理解，爱情如鲜花需时时浇灌，才有百日芬芳。就像亚当和夏娃，是因为夏娃源自亚当的一根肋骨，因为彼此骨肉相连，所以才能有天长地久。彼此相容，夫妻才有和谐，每个人寻找自己的真爱，只是源于爱情的本能。

他认为最好的方式就是感染身边每一个认识的人，用平凡生活中的一个个小闪光点告诉人们："从责任到行动，只差一步。"

一封感谢信"泄露"感人故事

大学生马霄主动请缨参与雪灾抢险

"他与我们电力员工一起在冰雪凝冻、零下几度的天气中并肩作战，参加了玉屏县亚鱼乡供电线路及变电设备的抢修，直到整个抢修任务圆满完成。"

新学期开学后，华南理工大学收到了一封来自贵州省铜仁供电局的感谢信，信中说："在参加我局抢险救灾保电过程中，马霄同学充分发扬了'特别能吃苦，特别能战斗'的奉献精神，让我们深深感受到贵校培养的新时代大学生的风采。"

在信中被表扬的04级电气（3）班学生马霄，并没有把在寒假中参与抢险的事情告诉老师和同学。

事情在校园里传开后，马霄不好意思起来。他说，其实只是帮忙做了一些体力活儿，没有去接导线，自己还不够资格呢。"参与此次抢险的收获很大，学会了思考人生，懂得了要如何做职业规划。"

马霄家在贵州省铜仁市，是今年1月中旬以来遭受冰雪灾害最严重的地区之一。1月25日，铜仁地区全线停电，道路积了一尺多厚的冰雪，中小学校滞留了大量无法回家的学生。为了给学生烤火取暖，一些学校把桌椅劈开当柴烧。马霄的家在学校里，看着那些燃起的火堆，他心里很不是滋味。

由于主攻电气专业，马霄特别关心电力方面的灾情。了解到当地电网在恶劣天气下几乎崩裂，抢修人手极度紧缺，加上道路多处冰封，省外援兵难以及时赶到，他心急如焚，径直来到当地供电局："请让我跟你们一起上前线！"

这一举动让供电局的人吓了一跳："你还只是一名学生，抢险救灾不是你想象中的那么简单。"马霄相信自己经过三年多的学习，已具备一定的专业知识。他说："多一个人多一份力，我有能力做好。"由于马霄此前在铜仁供电局实习过，他拨通了供电局局长的手机，希望能开个"后门"。马霄还极力说服了持反对意见的师长、妈妈，走进了电力维修工人的队列。

运载抢修队伍的汽车花了四个小时才走完平时只需半小时的路程，到达已停电六天的万山特区。一下车，现场热火朝天的抢险氛围立即感染了马霄。"万众一心，众志成城！"马霄说，以前只把这句话当口号，但在这种特殊环境下就是一种真实。

马霄从来没有见过那么大的雪，缺乏雪地行走经验的他，只穿了一双平底球鞋，一步一滑，摔了不知多少跟头。"既然来了，就要干下去！"他干脆把手套脱下来套到鞋子上，全力以赴投入到抬设备、运物资的工作中。

覆冰已把支撑电线的铁架压断。由于地势多山，绝大部分设备必须靠人力抬运。而清理横七竖八挂在塔架周围的断裂电线，成为一个重要工作。这些电线原本仅有两厘米粗，但覆冰让它们粗了数倍。马霄与电力员工们一起，赤手搬抬这些电线。

有一次，沉重的架塔忽然向一边倾倒，另一边的电线瞬间高高翘起，有个工人已被电线带起，双脚腾空，非常危险。马霄与同事们焦急万分，拼尽全力拉回电线，终于化解了险情。

有时候到下午四五点，才能吃上中午饭，大家就着树上的冰，吃着冰冷的盒饭，然后打着射灯干到深夜，第二天7点又准时集合。马霄回忆，每天都是这样过的，但没有一个人喊累叫苦。

"这些事情，坐在火炉边看的人也许会觉得很辛苦，但只有亲身经历的人才知道到底有多辛苦。"马霄告诉记者说，在抢修前线一周，印象最深刻的是那些抢险职工、青年党员突击队员们的忘我拼搏。

抢修工作告一段落后，马霄回到了家里，虽然疲劳，却依然闲不下来。他注意到由于当地多山，道路大面积结冰，给人们出行造成了极大的困难。他开始给每一个中学同学打电话，召集大家一同外出铲雪开路。

十个同学被他感动了。第二天一大早，他们带上铲子、工业盐，到结冰严重的马路上去奋力铲除冰雪，直至夜幕降临。一连数天，直至冰雪消融。一群默不作声铲雪的年轻人，并没有引起路人的注意，只有一位路过的老奶奶拉住他们的手说了一句"谢谢"，让他们高兴了一番。

一天的工作结束后，他们还爱躲在一旁悄悄观察一阵子。看到大家走着自己铲开的路，马霄和同学们觉得好高兴。

读大学三年半，马霄一直担任班上的生活委员。他认为这对于培养自己的责任感有很大帮助。"作为一名大学生，做一个有社会责任感的人非常重要。"马霄的老师告诉记者，马霄是一个懂得关心他人的学生，喜欢默默地做好事，哪怕不被理解、不被注意也不介意。

经过这个寒假，马霄觉得自己比以前更成熟了。他将来的计划是号召更多的同学，主动慰问和帮助有困难的人。他说："大学生是一个很大的群体，可以为带动社会良好风气发挥很大作用。"

如今，马霄已开始行动了：动员全家人一起去养老院帮助孤寡老人，拉上全宿舍同学去聋哑学校陪孩子们做游戏。他认为最好的方式就是感染身边每一个认识的人，用平凡生活中的一个个小闪光点告诉人们："从责任到行动，只差一步。"

感恩寄语

马霄是华南理工大学04级电器（3）班的学生，在寒假期间，参加了家乡的冰雪抢险，但是他并没有宣扬自己，直到学校收到当地供电局写来的感谢信，事迹才在校园传开。信中说："在参加我局抢险救灾保电过程中，马霄同学充分发扬了'特别能吃苦，特别能战斗'的奉献精神，让我们深深感受到贵校培养的新时代大学生的风采。"而马霄也觉得参加了这次抢险救灾，"收获很大，学会了思考人生，懂得了要如何做职业规划"。

温家宝总理说："事不避难，勇于担当。"2008年，我国遇到了空前雪灾，抢险救灾是每个人义不容辞的责任。在灾难面前，作为当代的大学生，马霄身上充分体现了高度的社会责任感和勇于担当的精神。青年要自立自强，这是时代的要求。"少年智则国智，少年富则国富，少年强则国强。"青年，是国家的希望，是国家建设的栋梁，因此，青年要勇敢地面对一切，成为堪当重任的一代。

我们既然不和生命的长流分离，我们就已经满足。我们既然不能有一个像样的房子，就让我们尽心尽情地爱这个只有一个房间的家吧！

一间房的家

子 敏

家庭，是自己和家人栖息的一个地方，也是人生旅程上的安息所。 ——肯楠

窗户外面是世界，窗户里面是家，我们的家只有一个房间。我们的房间有两道墙。

第一道是板墙，上面裱着一层淡红色的花纸，那是特为我们的洞房花烛夜布置的。

这一层墙纸虽然已经褪了色，但是它曾经映过花烛的金光，使房间比独身时代显得温暖。第二道墙是家具排列成的圆形阵地：床、衣架、缝纫机、茶几、藤椅、柜子、书架。房间的中央是我们的广场，二尺见方。我们不能每天在家里老站着或老坐着，我们要走走，走动的时候就专靠这一片二尺见方的广场。

下班以后，我们从街上走回来，我们走过一座一座的建筑物，然后拿钥匙，开了锁，推门一看，每次我们都觉得家这么小！我们站在广场的中央，广场已经满了。

我们费过很多心血来布置这个房间，对待这个房间好像对待一个孤儿，既然它在这个世界上是这么凄苦可怜，那么就只好用我们的一点热情来补救它一切的缺憾。我们在窗户格子上添一层绿油漆，窗玻璃上贴着雪白的窗纸，多买镜框，挂几张彩色鲜艳的生活杂志插图。我们花三百多块钱给它钉一个全新的天花板。总之，我们尽我们的力，尽我们的钱，来装扮它，我们像贫寒家庭的父母，因为不能供给自己的儿女享受童年应当的衣饰和欢乐，就竭诚献出他们所能有的爱！

我们并肩环顾这个五光十色的小房间，觉得它装扮得过分，但是值得怜爱。就只有这么一间了，能多疼它一点就多疼它一点吧，溺爱也不再算是过分了。新婚之夜，我们听到邻居在炒菜，胡同里两部三轮车在争路，宿舍里的同事在谈论电影、宴会、牌局和人生。我们惨淡地笑一笑，知道房子太小，环境太闹，此后将永远不能获得我们梦寐中祈求的家的温馨和宁静，但是没有怨恨。即使它只是一个小小的薄纸盒子，我们两个人总算能够在一起了。

我们要做饭，就在公共宿舍的篱笆旁边搭了一个更小的厨房，像路边卖馄饨的小摊子。我们在那边做饭，端到卧室来吃，这样就解决了生活问题。我们有钱的时候，买两根腊肠，几块钱叉烧，在煤油炉上热一热，就放在书桌上相对细嚼。我们在闹声里找到只有我们两个人感觉得到的安静，我们的耳朵也学会了关门。

下雨天，她到厨房去的时候，我心里有送她出门的感觉。我打开窗户，可以看到她淋雨冲进厨房，孤独地在那里生火做饭。雨水沿着窗户格子往下滴，我的视线也模糊了，我想过去陪陪她，但是厨房太小，容不下我进去切菜。我在屋里写稿，等着等着，等她端着菜盘冒雨回到我们的家。她的衣服湿了，脸上挂着雨珠。总有一天，我们会有一个像家一样的房子的，那时候她就不会再淋雨了。这个日子也许还很远，但是我看见她擦去脸上的雨珠，仍然在微笑，我就有耐心去等候那个日子。

我们的房间在宿舍的大门边，隔着板墙是公家的厕所，窗下又是别人的过道。

我们夜里常常被重重的开门声惊醒，有时也为头上频频的脚步声而不能合眼，但是一想到我们的誓言：即使过一生贫贱的日子也不气馁。于是我们把手握在一起，不让哪一个人发出一声叹息。

最感激的是朋友们并没有把我们忘记，常常到这个小房间来探望。他们虽然只能贴墙挤在一只藤椅里坐着，但是都有了对我们这个家的尊重。朋友们高兴我们已经建立了家，没有人计较它建立在多大的房子里。我们换衣服的时候，就把朋友留在门外。我们有一个人午睡的时候，就把朋友请在厨房里坐。但是我们一样邀朋友度过周末，虽然吃饭的时候四方桌在小房间里堵住我们的胸口，拥挤得像一口小锅里炖四只鸭，我们仍然不肯让快乐从我们中间溜走。

我们夜里看到万家灯火，看到一个一个发出光明的窗户。我们把它们比做地上的星星。

我们知道我们这个只有一个房间的家，夜里也有灯光，我们的窗户也会发出光明，成为星群里的一个。这对我们是一种无上的鼓舞！

我们既然不和生命的长流分离，我们就已经满足了。我们既然不能有一个像样的房子，就让我们尽心尽情地爱这个只有一个房间的家吧！

❀感恩寄语

　　爱，不在于家的大小；如果有爱，即使房间再小，情感也照样温馨，如果没有爱，即使房间再大，爱情也照样没有立身之地。只要有爱的地方就是家，作者的家从结婚到现在，都只是个斗室，但是，他们倾注了所有的爱和细心，精心地打扮它，甚至像对待一个孤儿那么疼爱，竭诚地献出了他们所有的爱，尽管没有豪华的装修。但是，有了爱，任何廉价的东西都变得价值连城，虽然所谓的厨房只能容下一个人周转，但看到妻子烧饭炒菜的背影，快乐变成作者幸福的音符，随着笔记录在稿纸上，斗室虽小，但转身遇到爱，又何陋之有呢？彼此一个眼神，就心有灵犀，小又何碍呢？无论怎么简陋，浓厚的感情不会因此而褪色。家，给我们温暖，是心灵的栖息地。知足者长乐，就像作者说的，我们既然不能有一个像样的房子，就让我们尽心尽情地爱这个只有一个房间的家吧！我也爱我家！

那位穿戴整齐的绅士正是卡尔顿·可姆斯特朗博士，他是芝加哥非常有名的神经外科医生。他为安德鲁进行的手术确实是一个奇迹。而这个"奇迹"的价格出乎人们的意料——只有1美元11美分。

一美元购买的奇迹

小女孩苔丝走进卧室，从橱柜里拿出一个玻璃瓶。她把瓶子里所有的硬币都倒在地板上，仔细地数了3遍。然后，她小心翼翼地把这些硬币放回瓶中，拧上盖子，从后门悄悄地溜出去，穿过6个街区，来到雷氏药剂店。

苔丝还没有柜台高。她对着药剂师挥了挥小手，希望引起他的注意，却无济于事。她大声咳嗽了两声，并使劲跺了两下脚，可仍不管用。最后，她拿出一枚硬币在柜台上敲起来。这次终于奏效了。

"你到底要干什么？"药剂师转过头来，不耐烦地问。还没等苔丝出声，他又大声呵斥道："没看见我正在和我弟弟谈话吗？他刚从芝加哥来，我们已经多年没见面了。一边去，别来烦我们！"

"但我想跟您谈谈我的弟弟，"苔丝严肃地回敬道，"他真的病得很重，我想为他购买一个奇迹。"

"你说什么？"药剂师有点被这个小女孩弄糊涂了。

"我的弟弟叫安德鲁，他脑袋里长了个东西，爸爸说现在只有奇迹才能救他。请问，一个奇迹卖多少钱？"

"我这里不卖奇迹，小妹妹。很抱歉，我帮不了你。"药剂师的语气明显缓和了许多。"

"听着，我有钱支付，如果钱不够，我会想办法补上的。您只管告诉我奇迹值多少钱？"

这时，药剂师的弟弟——一位从芝加哥远道而来、穿戴整齐的绅士，忽然弯下腰，向身边的小女孩问道："你弟弟需要哪种奇迹？"

"我不知道。"泪水从苔丝的眼中夺眶而出，"我只知道他病得很重，妈妈说他需要动手术，但是爸爸出不起钱，所以我想用我的钱……"

"你有多少钱？"那位来自芝加哥的绅士问道。

"1美元11美分。"苔丝低声答道，"我总共就这些，不过如果不够，我可以再攒的。"

"那真是太巧了！"绅士微笑着说，"这正好是为你弟弟购买奇迹的价格。"他一手拿过苔丝的玻璃瓶，一手握住她的小手说："带我到你的住处去，我想见见你的父母和你生病的弟弟，看看我是否拥有你们需要的奇迹。"

　　那位穿戴整齐的绅士正是卡尔顿·可姆斯特朗博士，他是芝加哥非常有名的神经外科医生。他为安德鲁进行的手术确实是一个奇迹。而这个"奇迹"的价格出乎人们的意料——只有1美元11美分。

感恩寄语

　　用1美元11美分购买到了奇迹，这个奇迹就是芝加哥非常有名的神经外科医生卡尔顿·可姆斯特朗博士通过手术治好了苔丝垂死的弟弟的重病。奇迹，是一个出乎意料的结局，并不是一味小女孩认为的良药。但小女孩倾注了她全部的爱心来救治她的弟弟，才有了巧遇到卡尔顿·可姆斯特朗博士的可能，也正是她深深的爱心感动了身为医生的卡尔顿·可姆斯特朗博士，她弟弟才有了起死回生的巧遇。奇迹，不是小女孩买到的，而是她的爱心创造的。同时，奇迹的另一半来自作为医生的卡尔顿·可姆斯特朗博士，他有悲天悯人的胸怀，更有一个医生的职业操守，恪守了救死扶伤的天职，所以奇迹才会发生。试想，如果卡尔顿·可姆斯特朗博士没有这份职业操守，小女孩的爱心再怎么强烈，也无法用1美元11美分购买到弟弟生还的奇迹。奇迹的出现，是他俩共同的创造。生活中，我们每个人处于困境时，都会盼望着奇迹的出现来逆转时运，但是，奇迹并不是凭空从天而降的，需要人们积极地去争取一切条件，创造一切条件，为奇迹铺就一个降临的台阶，它才会一步步走下来。

　　可能每个人都在盼望着生活中出现一些奇迹，那种盼望就如守株待兔一般。这个故事用一个小女孩的悬念，讲述了一个奇迹的发生。情节层层递进，结局出人意料，也让人欣慰。

　　她的善良，终于打动了另一颗善良的心。两颗善良的心，创造了冷漠世间的一个传奇。小女孩用自己的执著，为弟弟奔波，她的心纯净如水；阿姆斯特朗博士悲天悯人，他的心宽厚慈悲。他们是奇迹的缔造者，也唯有他们，才能创造奇迹。

　　这个故事让我们看到了一种希望：世界并不是我们想象的那样冷漠无情，美好依然无处不在，只要我们有一双明净的眼睛，一颗善良的心。

所有的中国人都远去了，只有她留在这伦敦的风中。这时，我真切地感受到了，她那手机里发出的国歌声，在她的生命中是多么重要！

异乡的国歌声

那天，我们先是去了格林尼治天文台。回来的路上，转弯到一家叫"金筷子"的中餐馆吃午饭。

一路上我们都是在中餐馆用餐，都是五菜一汤。这是导游安排的结果。虽然人在欧洲，仿佛依然吃在福建。中餐馆的老板大多和我们在国内见到的餐馆老板并无二样，脸上油腻，身子肥肥的。我们还碰到一个福建长乐的老乡，为了表示对我们的欢迎，他不加菜，却加了若干"段子"，逗得我们喷饭。

"金筷子"是一个女老板，三十五六岁模样，齐耳短发，头发柔柔的；脸不大，眼睛却特别大，那眼睛弥漫着伦敦的雾，有点儿迷惘，有点儿忧伤。她穿着黑长裙，白汗衫，素素的。和平常用餐没有什么两样，她先是为我们上了茶，接着上饭上菜了。

边吃饭边聊天。三句话不离本行，我们聊起了写《哈利·波特》的伦敦女作家罗琳。这时，女老板凑过来问了："你们几个，是什么团呀？"我们告诉她是出版方面的。她"哦"了一声，分别为我们面前的小碗盛了汤，说："罗琳先前也常到这里吃饭。她本来也没有什么钱，为了带好小孩，动了给孩子写故事的念头，一写就成功，现在名声大了。"她似乎对我们是搞出版的来了兴致，话稍多了几句，淡淡地说："我在出版社的大院里长大，继父在那儿当美编，他叫李XX。"

我说："是他呀，还是一个名人。常买他们图书的人，肯定知道李先生。"这似乎有点儿出乎她的意料："是吗？他还这么有名呀！"我仔细瞧了她一眼，她说不上漂亮，然而有一种气质在，是那种有一定文化层次的未婚大龄女性所特有的气质，有点儿冷，有点儿无奈，仿佛还有点儿渴求。

这时，突然响起了中华人民共和国的国歌声。我们几个全都抬起了头，先是对视一眼，接着就寻找声音发自何处。在伦敦，还能听到我们的国歌？原来，是从女老板的口袋里发出的声音——是她的手机响了。她的手机铃声设置为我们的国歌！她到一旁接电话了。

在国内每天听这支歌，可从来没有像今天这样具有如此特殊的震撼力。这音乐，强烈地撞击着我的心灵。一时间，我们几个都沉默不语了。

接完电话，她过来又为我们每人加了一小碗汤。我们问，你的手机中怎么会有国歌声呢？她说："想家，特地灌进去的。"

我品味着她的"想家"二字，还品味着"金筷子"这个店名。筷子，是中国才有的，"筷子"却是"金"的！中国的筷子，在她心中有多大的分量啊！

过了一会儿，我问："最近有没有回国内看看？"她说："去年春节回北京了，什么人也没找，3天都打着车在街上转……"

北京，是她长大的地方，有同学、亲人、熟人，她却谁也没见。也许，她的爱遗失在北京的某个公园，遗失在依然款款而流的水中？

还是她打破了沉默："我给你们加一道菜吧。"一会儿，她送来了一盘青菜，这是我们欧行路上唯一的一次加菜，虽然只是一盘青菜。

我们走了。女老板把我们送到门外，神情恋恋的，又把我们送到了停车场。

起风了，我们要上车了，请她回去。她说："一路上要多加小心啊，过马路要小心啊。英国的方向盘在右边，和国内的不一样，过马路要先往右边看，不是像国内那样朝左边看啊！"她的语气，像母亲送孩子上学，像妻子送爱人远行……她是一个多么善感的人啊，我们点着头，却什么也没说，用眼神和笑容向她告别。这时，她的手机又响了……

所有的中国人都远去了，只有她留在这伦敦的风中。这时，我真切地感受到了，她那手机里发出的国歌声，在她的生命中是多么重要！

❁ 感恩寄语

要问一个人的心中，哪一首旋律最触动心灵的深处，不同的人一定有不同的回答，但在异国他乡的游子，我想，他们一定觉得，国歌是心灵里最动人的旋律。在法国一家中国餐馆的老板，把国歌当作铃声下载到自己的手机上，每次接听电话之前，都会重温一遍国歌的旋律，给想家的孤独之心一个暖暖的慰藉。不要说国歌对异地的游子，就是离开国门到异地游历的"我们"，在别人的国土上听到这支曲子时，也是被深深地感动的，因为这支曲子已经深深地镌刻在每个炎黄子孙的灵魂深处。不管在何时何地，只要曲子响起，我们都有一个共同的体验，那就是深爱着我们的祖国。餐馆的老板是个北京人，但是，当她回到北京时，那么多的熟人朋友不想，就想看遍整个北京，她深深地爱着这片生她养她的土地。"羁鸟恋旧林，池鱼思故渊"，那是绿叶对根的情谊。不管我们走到哪里，思念故国，是永远最高亢的旋律。

结果，从那遥远的年代起，人出于本能一直在寻找自己的另一半，找呀找呀，有时要找上一辈子……

应该学会怎样爱

阿·库茨涅传　俄罗斯　李定　译

阿维森纳（伊本·西拿）是一千多年前生活在中东的阿拉伯医学家、哲学家、自然科学家和文学家。有一次他应召进入王宫为国王的宠侄治病。对于王侄的病。宫内御医使尽了浑身功夫也不见起色，于是只好求助于医道高明的阿维森纳。阿维森纳按住病人的手，一号脉就提出要一个熟悉京城情况的人来当助手。城里还真有这样一位。来人遵嘱开始依次数说全城的大街小巷。在说到某一地名时，阿维森纳察觉到病人的脉有力地搏动了一下，他吩咐说："现在挨个说出这条街上的每个居民的姓名。"在一连串人名中提到一个姑娘的名字时，王侄的脉搏又加快了。阿维森纳诊断说："这个年轻人相思成疾，再好的药也莫过于让他同所爱的姑娘结婚，要不然他会因过于抑郁悲伤而不久于人世。"国王此时已别无选择，便当即择定了婚期。说也奇怪，重病的王侄听了这一喜讯很快就康复了。对于阿维森纳的绝招，王宫里的御医个个佩服得五体投地。

的确，爱情能给人无与伦比的幸福，但它也会把人引向痛苦的深渊。爱情是一种复杂而充满矛盾的感情，它往往会从一个极端滑向另一个极端，它可以表现为自我牺牲、忠贞不渝、两情缱绻和同居的欢乐，它也可以使人疑神疑鬼、妒忌误解、心灰意冷或与旧日的情人纠缠不休。

爱情中的矛盾孕育于情窦初开的时候。情人眼里出西施，所见所闻都是心上人的闪光点，缺点似乎微不足道。恋爱的究竟是现实的人，还是自己大脑所虚构的形象，这恐怕是很难分辨的。当然与此同时，爱情确也有其他感情所无法企及的、非凡的洞察力。恋人能发现对象自己都不曾意识到的蕴藏在性格和心灵中的高尚品质。

爱意味着理解。热恋中的人，特别是女青年，对于情侣不需言传就能意会的本事往往感到诧异，有时自己还很模糊的愿望，对方却能一下子猜中。这正是爱情的先见之明，它使人情愫相通，心心相印。

不言而喻，婚后爱情会有不少内忧外患。最大的暗礁就在于激情蜕变为呆板的习惯，爱情失去其原有的光彩。以容貌和仪表为例，不久以前曾使情人如此动情和倾倒，然而在后来的生活中就并不觉得有什么特别的魅力。

婚后若不给爱情之花以营养，感情也就容易发生蜕变；只有常常浇灌，爱情才不会随岁月的流逝而逊色，不会变成乏味的履行义务。它会悄悄地改变自己的表现形式，变得情意专注。这是旧情的延续，是更为深沉和执著的爱情。

据古老的神话传说，夏娃并不是亚当的第一个妻子。一开始上帝耶和华曾为亚当用火造了一个美女。亚当是上帝用泥土造的，这个美女与他气味不投，无法共同生活下去，她便离开了亚当。上帝见亚当终日愁眉不展，便决定再为他造一个合适的女伴。耶和华抽取亚当的一根肋骨（即是用同样的材料）造出了夏娃。这个"骨肉相依"的女人就成了亚当最忠实的生活伴侣。

这段神话已提示人们：稳固的爱情取决于男女双方的同一性，这种同一性在心理学上被称为相容性。大部分家庭冲突的一条重要原因就是缺乏"心灵上的一致"。

当然不能把"相容"理解为两个人毫无二致。重要的是生活目标的一致，有共同的价值观念，有相应的文化水平。比如说，两个极端自私的人未必能相容，他们自顾追求个人的特权，谁都想占上风而不肯让步，夫妻反目也就在所难免，气度恢宏者与小肚鸡肠者、满腔热忱者与落落寡合者结为夫妻，日子也不会过得很顺利。

爱上一个不相容者是完全可能的，但是能使爱情地久天长的只有相容的夫妻。在共同的天性中有着共同的生活需要。夫妻之间某些局部的不一致，以及作为这种不一致的结果而出现的一段时间的冷淡都会存在，但是只要真情在，有维持家庭的愿望，这种不一致并不会导致家庭危机。

有一个快被人们忘却了的古老传说。其中讲到在很久很久以前，人完全不是现在这个样子。当时世界上并无男女之分，当然也没有家庭问题和夫妻冲突。那时生活和繁衍的是两性人。这种男女同体的人个个长相俊美，又聪慧又仁慈，而且都有回天之力。有一次主神宙斯发现了这些两性人，生怕他们的力气愈来愈大，有朝一日会威胁天上诸神的安全，宙斯便把这些大力士都劈成两半，搅乱之后撒到世界各个角落。

结果，从那遥远的年代起，人出于本能一直在寻找自己的另一半，找呀找呀，有时要找上一辈子……

感恩寄语

人只有找到自己生命中的另一半才会感到生命的完整，因为那身体和心灵本属于彼此，是谁也不能将其分开的能量让彼此吸引，合二为一。为了爱情，可以牺牲自我，忠贞不渝，而爱情更需要理解、耐心和宽容。原本独立的个体结合在一起，需要太长时间进行磨合和适应，在这个过程中，如果用力过大，过于激烈就会伤及彼此；如果心存怠慢，麻木不仁就会让彼此冷淡。爱情需要恰到好处的力道和分寸。

两情相悦需要更多的宽容和理解，爱情如鲜花需时时浇灌，才有百日芬芳。就像亚当和夏娃，是因为夏娃源自亚当的一根肋骨，因为彼此骨肉相连，所以才能有天长地久。彼此相容，夫妻才有和谐，每个人寻找自己的真爱，只是源于爱情的本能。

人们都说，血浓于水，然而，比血更浓的，却是这种生死相依的亲情。有一种情，叫相依为命，它离幸福最近，且不会破碎，那是一种天长地久的相互渗透，是一种融入彼此生命的温暖。

有一种情叫相依为命

萧　音

一

第一次见到良子哥的时候，他12岁，我9岁，他上四年级，我上二年级。他的个子比我高出整整一头，脏兮兮的样子让人看了极不舒服。

良子哥喊我妹妹，我却不喊他哥哥，我喊他的名字李国良，或是干脆叫他"哎"，在我心里，他只不过是我家收留的一个无家可归的人而已。

我父亲当时是村上的民兵连长。1982年，村上搞联产承包，父亲和母亲一起承包了村南的一片苹果园，父亲能干，又懂技术，我们家苹果的产量比一般人家的都高，日子过得在村上数一数二。

然而，好景不长。1984年夏天，父亲从果园锄草回来，到村西的河里洗澡，一个猛子扎下去就再也没能上来。后来，家里的一个远房亲戚给母亲介绍了继父。继父家里很穷，好不轻易讨上媳妇，媳妇却因为忍受不了贫穷跟一个倒卖粮食的外省人跑了。于是，从那天起，继父和他的儿子开始了艰难的生活。

因为苹果园里缺人，父亲过世后的第二个月，继父便来到我们家，我和母亲住东屋，继父和良子哥住西屋。

继父是个很能吃苦的汉子，整天泡在果园里，晚上也不回家。

母亲忙得有时顾不过来，便给我们俩每人五毛钱，在学校的小卖部里买烧饼吃。小卖部的烧饼是老板从镇上买来的，有时当天卖不了隔一夜便馊了，老板心黑，把前一天放馊的烧饼混在当天进来的新烧饼中一起卖。因为经常买到馊烧饼，后来良子哥便干脆学着做饭，刚开始时，他经常做糊，即便他把不糊的饭菜给我吃，自己吃糊的，我也不愿意理他。

学校离家里有三里多远，要翻过一座山梁，山上到处都是郁郁葱葱的树木和半人高的蒿草，有时还会听到不远处的狼叫。母亲不放心，让我和良子哥一起上学，并嘱咐良子哥照看好我。我不愿让同学们笑话良子哥的那张黑脸，良子哥第一次帮我背书包时，我狠狠地甩开了他，自顾自地向前走。所以，每次上学我们两个经常保持着十几米的距离。

二

夏日的一天，放了学我做完值日，同村的人早回家了，我和良子哥背着书包一前一后地往家走。走到半路上，天忽然暗了下来，云层很低，黑压压的，连不远处的村子都看不见了。一直跟在我身后的良子哥，忽然跑上来拉起我的手往家的方向跑，我吓得不知所措，只得深一脚浅一脚地跟着他跑。

刚跑了十几米，天上忽然掉下冰雹来，先是玉米粒大小的冰雹稀稀拉拉地落下来，眨眼间，变成了鹌鹑蛋那么大，良子哥一把把我推到路边的岩石下，两手抱着头，下巴抵着我的脑袋，整个身子压在我的身上。这样过了足有十分钟，天空才渐渐有了亮光。冰雹过后，只剩下雨，我从良子哥的身子下挣扎着站起来，看到地上到处都是冰雹，足有十多厘米厚，我推了推良子哥，这才发现他的上衣背后都是血，血水混着雨水不停地从脑袋上往下淌。良子哥蜷缩在地上，紧皱着眉头，牙齿不停地打着架。

我不知所措，吓得站在雨中哇哇大哭。

不一会儿，母亲披着一条麻袋赶来了，一见良子哥的样子，母亲一把将自己的上衣扯下一大块，手忙脚乱地缠到良子哥头上，然后将麻袋搭在他身上，蹲下身背起良子哥就往镇上跑。

四五里的山路，到处都是冰雹，母亲背着和她个头差不多的良子哥，一口气跑到了镇上的医院，路上鞋跑丢了都没有发觉。

母亲的老寒腿便是那时落下的，直到现在，每逢阴天下雨，母亲便不时用拳头去捶自己的膝盖。后来，每每说起那天的事，良子哥的眼圈都红红的。

那一年的冰雹，把方圆几公里的庄稼全毁了。瞅着园子里被冰雹打折的树干和落了一地的青果，继父只得把果园重新修理了一下，在树档间种上了黄豆。

1990 年，我 15 岁，苹果园里的承包合同到期了，有人给村长送了礼，加之继父是外来户，村里便把果园包给了别人。继父气得几天吃不下东西，那段时间，夜里经常听到继父和母亲的叹息声。没有了果园，继父从集市上买了几只羊，一边种地一边放羊，日子虽不如从前宽裕，但也能凑合。

1991 年冬天，继父在后山上放羊，不小心摔了一跤，把胳膊摔折了。到县城的医院拍 CT 时，竟然在继父胳膊骨折处发现了癌细胞，医生说这种病是因为长期接触农药感染造成的。想到那些年继父天天背着药桶给苹果树喷药，有时天热连衬衫都不穿时，母亲追悔莫及。医生给继父做了手术，把胳膊上那段病变的坏骨头锯掉，然后，抽了一根肋骨接上，但手术并没有留住继父离去的脚步，第二年麦收时，继父还是离开了我们。

继父的死，让我的心一下子空了许多。我很清楚，继父的病把家里的积蓄都用光了，以现在的家境，母亲肯定无力供我们两个人同时读书。而良子哥马上面临高考，我担心一旦他考上大学，母亲肯定会让我退学的，我很了解母亲，这样的决定，她做得出来。

然而，事实并没有向我想象的方向发展。高考后的第二天，良子哥给母亲留下一封信便去了省城打工。在信中他说，参加高考只是想印证一下自己的实力；没有了父亲，自己有责任支撑起这个家。他还说，妹妹，你一定要好好读书，哥就是砸锅卖铁也要供你上完大学……

良子哥的高考成绩比录取分数线高出 16 分，分数下来的那段时间，母亲发疯似的到处打听良子哥的去向，还专门坐车去了省城，跑遍了省城所有的建筑工地，仍然没能找到他。最终，这一切成了母亲后半生永远的愧疚。

三

1993 年秋天，我如愿以偿地被南开大学录取。

初冬的一天中午，我从图书馆看书回来，同宿舍的人说母亲托一个老乡给我捎来了过冬的衣服。打开包袱，里面是一条毛裤和一件崭新的羽绒服，摸着那件羽绒服，睡在我上铺的杜梅惊呼道："哎，我说淑敏，你妈可真舍得给你花钱啊，这羽绒服还真是羽绒的哩！"我问送衣服的人呢，她们说已经走了。我听了，良久无语。我知道，这羽绒服肯定是良子哥买的，当时，羽绒服刚刚时兴，价格非常贵，别说是学生，就是一般上班的人穿这东西也非常少。杜梅说，你老乡一来就问这问那的，看样子挺关心你的。我说，那不是我老乡，是我哥。她说，那他干吗要说是你老乡呢？我咬了一下唇，眼泪涌了上来。

我在天津读书的第二年，良子哥和本村的一个姑娘结了婚，生下了侄子小强。毕业后，我分到了县城，也结了婚，有了孩子，良子哥则在离我不远的一家工地上打工。

2004 年初冬的一天，我正在单位整理报表，忽然接到嫂子打来的电话，嫂子哭着告诉我，良子哥在给新盖的大楼外墙刷漆时，拴脚手架的铁丝脱了钩，良子哥和另一名工人从三楼高的架子上掉了下来，这会儿正在送往第三人民医院的途中。

我扔掉手中的东西，奔出门打车往第三医院赶，在急诊室门口撞见同村的两个人，他们正从车上往下抬良子哥，良子哥的嘴角上、脸上、身上到处是血，我抓住他的手，一边喊着哥一边呜呜地哭。听到我的喊声，良子哥努力睁开眼，喃喃地说了一句："妹妹，哥要是有个三长两短的，娘和你侄就交给你了！"我颤抖着嘴唇，说不出话来，任泪水在脸上肆意流淌。

良子哥摔折了左腿和两根肋骨，其中一根肋骨插进了肺里，手术进行了6个多小时，我一直站在门外，心乱如麻。当医生走出来告诉我病人已脱离危险时，我忽然两脚一软，跌坐在地上。

在此之前，我从来没有想过，这个和我没有一点血缘关系的人，在我生命里竟是如此重要。那一刻，我忽然知道了，18年前的那个夏日，当他用身体挡住向我袭来的冰雹时，我的生命便注定与他再难割舍。

人们都说，血浓于水，然而，比血更浓的，却是这种生死相依的亲情。有一种情，叫相依为命，它离幸福最近，且不会破碎，那是一种天长地久的相互渗透，是一种融入彼此生命的温暖。

感恩寄语

亲情，让人想到有血缘关系的一家人，但是，情到深处时，没有血缘关系的人，也照样有相依为命的亲情。我和良子哥本是两个毫无联系的孩子，但是，命运的坎坷却让我俩成了一家人。他护送着我去学校读书，为我做饭。在生命攸关的危险时刻，挺身而出，替我遮挡住来自上天的疼痛，而他自己差点丢了性命。直到后来，他自己丢下了学业，独自打工支撑起了全家的重任，当哥哥在打工时从高楼上摔下来的时候，命运已经给"我"诠释了什么叫相依为命。本来素不相识，是命运让"我们"成为一家人，谁说，血浓于水？谁说情不可以超出血缘的限制？亲情有多种，能以生命相托的亲情才是至上的。生活中有多少亲情经不住金钱的挑拨离间，有多少亲情在危险来临时裂开焊缝，唯有珍视亲情，甘愿为亲情付出的人才能理解透亲情的含义。让我们珍视亲情，用感恩之心对待亲人吧。

在出事地点，救援人员看到了积雪中的萨特，他静静地躺着，在他的腰间，人们看到了人间的大勇、世间的挚爱，那是一根被斩断的绳子，这是他的生命线，是他亲手割断的。

远去的歌

素 玉

电视里、报纸上，那双深邃而饱含忧郁的眼睛早已为大家所熟悉，他是谁？25岁的莫雷尔面对世界各地众多的来访者，再也抑制不住自己的感情了，当滚滚热泪在那张英俊的面颊上纵情驰骋时，透过朦胧泪眼，奥斯塔河谷悲壮的一幕又重新浮现在他面前……

亚平宁半岛的春天是世界上最美的春天，到处阳光明媚，鸟语花香，台伯河水欢畅地流着，一如热情豪放的意大利人。

随着春天的到来，两个来自瑞士的青年——莫雷尔和他26岁的朋友丹尼尔·萨特——一个英俊、刚毅的弗里堡的金发小伙子也一同踏上了这片洋溢着罗曼蒂克情调的土地。

能身临其境地瞻仰意大利旖旎的风光是两个年轻人梦寐以求的愿望。记得早在五年前，当他们还在哈佛读书时，两人就对前往意大利旅游表现出了极大的热情，并从那时开始就为这次旅游做了长达五年的漫长而精心的准备。今天如愿以偿，两个年轻人怎能按捺得住激动的心情？

性情豪放的莫雷尔对着萨特大叫："伙计，这里是意大利，有何感想？"深沉的萨特沉吟片刻，微微一笑："毫无疑问，我的心情和你一样，太激动了，莫雷尔。"是的，此时此刻，他们的心里绝对是百分之百的相同。

幸福喷泉让他们流连忘返，比萨斜塔让他们为之倾倒，从米兰到都灵，从罗马到热那亚，这个有着灿烂文化的古老国度让两个来自异邦的年轻人陶醉了。

按照计划，他们将在意大利北部、阿尔卑斯山南麓的奥斯塔河谷登山，然后再于晚些时候前往"威尼斯商人的故乡"领略"文艺复兴"时期的古韵遗风。美丽的水城威尼斯是萨特心驰神往的圣地。他曾不止一次地对莫雷尔说："来意大利，就要去威尼斯，如果不能成行，将是我最大的遗憾。"

作为亲密无间的好友，莫雷尔知道，萨特说这样的话并非偶然，莎翁脍炙人口的名作《威尼斯商人》对萨特影响极大，威尼斯商人安东尼奥为了朋友，九死不悔，甘愿让放高利贷的犹太商人夺去生命的侠肠义胆使萨特深受感动。他说："我理解安东尼奥，也崇尚他的价值观，然而在世风日下的今天，在我们西方，有多少人的所作所为与安东尼奥舍己救人的精神格格不入。"他是这样说的，更是这样做的。为人着想，救人于危难之中，这样的事他究竟做过多少，他不知道，莫雷尔也记不清。难怪哈佛学友都叫他"安东尼奥"。

莫雷尔永远不会忘记在奥斯塔河谷那难忘的五天，永远不会忘记萨特在料峭的寒风中捋一下金色的长发，然后掏出匕首将他与自己维系着的唯一的一根绳索，也是他藉以生存的一线希望毅然斩断的悲壮一幕。"这是怎样的一幕，它如同一张永不褪色的底片，已深深地珍藏在我记忆的深处，将成为我生命的重要组成部分。"莫雷尔如是说。

当暴风雪下到第四天时，他们迷路了，接着又与外界失去了联系，很快食物也将告罄，此时河谷中两个饥肠辘辘的登山者赖以充饥的食品，只剩下不足17磅的牛肉了。入夜，在温暖的帐篷中，在熊熊篝火旁，萨特望着这"最后的晚餐"，若有所思地对莫雷尔说："吃下去！"莫雷尔无言，萨特又重复一遍，几番推让，莫雷尔终将这少得可怜的食物吃了下去。

在这样恶劣的环境下，如果不能尽快找到出路，尽快与外界取得联系，对于饥寒交迫的登山者来说意味着什么，他们都很清楚。当莫雷尔吃下最后一口食物时，萨特已将所有的登山器械背到自己身上，并将维系两人的一根绳索做了最后一次检查。

一阵强劲的寒风卷着鹅毛大雪呼啸而过，萨特一失足，身体摔向谷底……一根绳子维系着他年轻的生命。

悬空的萨特在身体失衡后的下坠过程中重重地撞在了岩石上，致使手臂粉碎性骨折，更可怕的是随身携带的许多攀岩器械也在这沉重的一击中遗落了，而这一切不幸也正是莫雷尔在营救过程中显得束手无策的重要原因。

几个小时过去了，莫雷尔尝试着各种手段，以期挽救萨特，无奈两人身边都没有得力的救援器械，加之萨特的手臂严重受伤，所以两人的努力一再付之东流，处境也在一步步恶化。

时间一分一秒地在寂静的河谷中流逝。"再不割断绳子，莫雷尔也在劫难逃。"身体悬在岩壁中间的萨特想道。此时，头顶又传来莫雷尔的声音："萨特，坚持。上帝与我们同在，我们会走出困境！"眼看夜幕又将降临，这样的喊声在萨特的耳畔几乎回荡了24小时。"朋友，不要做无谓的努力了，你应该活着……"萨特喃喃道。此时，他想到了死，为了不连累莫雷尔，他决心长眠在异国的土地上。蓦然，在幽幽的河谷中，萨特看到了自己美丽的妻子，他仿佛回到了自己的祖国，仿佛又一次与妻子荡舟于风景如画的日内瓦湖……不能再犹豫了。终于，他做出了最后的决定，这是一个让莫雷尔脏内俱焚、让世人为之汗颜的决定，在生死之间，他接受了死神，他要以"死"去实现他生命的意义。"莫雷尔，听着，只有牺牲我，你才可以脱险，我要割断绳子。祝你好运，永别了！"说着他拔出了随身携带的登山匕首……

雪光下，萨特的脸庞如阿尔卑斯山的岩石般坚毅，蓝色的眼睛熠熠生辉，仿佛熊熊火炬照亮了幽暗的河谷，尽管头顶又传来了莫雷尔近乎愤怒的劝阻声，但他还是义无反顾地割断了绳索，任由自己的躯体向深谷下坠，下坠……悲痛欲绝的莫雷尔在两天后获救了，而英勇的萨特却殒命了。在出事地点，救援人员看到了积雪中的萨特，他静静地躺着，在他的腰间，人们看到了人间的大勇、世间的挚爱，那是一根被斩断的绳子，这是他的生命线，是他亲手割断的。

奥斯塔河谷悲壮的一幕，在莫雷尔看来，似一首远去的歌，一首远去的悲歌……

感恩寄语

当一个人可以为另一个人的生命付出时，这需要常人难以想象的勇气，"奥斯塔河谷悲壮的一幕，在莫雷尔看来，似一首远去的歌，一首远去的悲歌……"一条绳子连接着两个生命，更连接着让人动容的悲壮。萨特，用生命诠释了患难之中的友情。友情之所以伟大，是源于它的无私和奉献。萨特，这个年轻的生命，当自己遇到灾难时，没有把朋友当做生命的筹码，而是想怎么才能让朋友远离灾难。谁不知生命的宝贵，但是，他却把生命的希望留给了他人，用自己将自己毁灭的方式打败了自私。绳索和刀具在一起摩擦时，我们看到了萨特坠落之前印刻在脸上的笑容，仿佛是他从朋友的生命中看到了自己的身影，这种义举，简直可以让天地动容，融化积雪的寒冷。他为朋友撑起了生命的天空。友情，在灾难面前经受住了考验，在生命的河流上向远处延伸。让我们祝福友情，萨特，就是天空中一颗最美丽的流星，虽然生命短暂，但他活出了精彩的人生。

她感觉每存进一笔钱，就存进了一份爱。三年多后的这天，她终于可以将这张装着爱的银行卡交到堂弟的手里……

装满爱的银行卡

凡 娘

她10岁时母亲因病去世，13岁时开长途货车的父亲在一场车祸中丧生。从此，她跟着二叔一家生活。

她是懂事的女孩，学习成绩不错，待人有礼貌，每天尽可能帮婶婶做家务，辅导堂弟学习，绝不给大人添一点儿麻烦。

日子一天天过去，18岁那年，她终于如愿以偿考上心仪的大学。可拿到录取通知书后，她突然对二叔说："我不想去上大学了，想尽快找份事情做。"二叔家并不富裕，开出租车的二叔一个月只有1000多元收入，婶婶是做家政的，月收入也就五六百元，要供她和堂弟两人吃穿上学，日子过得紧巴巴的。她想，自己若上大学，光学费就是一笔巨大的支出，叔叔婶婶养她五年，这已让她感激不尽，怎么能再给他们增加负担呢？

二叔听到她的决定后吃了一惊："人家想考还考不上呢，你考上了却不读！哪有这样的道理？"见她沉默不语，二叔笑了："你是不是怕我们拿不出你上大学的费用？钱的问题，你不用操心。你父亲出车祸后，人家给了6万元补偿费。那也算是你爸妈给你留下一笔遗产吧。这笔钱一直由我们保存着，一分钱也没动，专供你上大学用。"

"真的？"她一阵惊喜，用探询的目光看着婶婶。

婶婶看看二叔，点了点头。

二叔还拿出银行卡来让她看，说所有的钱都存在里面。

她悬挂很久的心彻底放下了，她又恢复了以往的自信。

前往大学报到时，二叔为她办了一张银行卡，说好每个月按时往卡里给她打入生活费。

一开始，她在大学的生活过得很节俭，她把自己每月的消费定在400元以内。她认真算了一笔账，如果在生活上节约点儿，四年大学读下来，父母留下来的那笔钱不仅够用，还能省下一些。她大学毕业时恰好赶上堂弟进大学，她要把省下来的钱给堂弟做学费，也算是她对叔叔婶婶养育之恩的一点报答吧。

可是不到一学期她就发现，在繁华的都市里，每月 400 元根本不够用，除了吃饭，还有其他花销，比如买件好点儿的衣服、买个像样的背包、买支同宿舍女生都有的口红，400 元实在是捉襟见肘。她最想买部手机，大学里活动多、朋友多，有手机联系起来会方便些。可买手机需要那么多钱呢……犹豫了好一阵子，她还是打电话给二叔，讲明自己的意图，请求二叔多打点钱到她的卡里。二叔沉吟了一会儿才说："你走之前，我就应该想到大学生毕竟和中学生不同。你放心，过几天我就把钱打到你的卡上。"

一星期后，二叔将钱打到了她的银行卡上。不久，他又专门打电话询问钱是否够用。电话这头，她说："叔，以后每个月给我打 300 元到卡上就够了。我找了一份兼职，每个月可以挣好几百元呢！"她沉稳的语气让二叔感觉有些奇怪。二叔坚决不让她做兼职，说能保证她的生活费，她只要好好读书就行了。她笑了："二叔，我这是为以后毕业找工作做准备呢。没兼职经历，以后找工作难啊！"

再后来，她又告诉二叔，说她获得一等奖学金，加上兼职的工资，生活费已足够了，不用再给她的卡里打钱了，爸妈的遗产就放在叔叔婶婶那里吧。

堂弟考上大学了！刚从大学毕业的她特意赶回二叔家为堂弟祝贺。一家人吃过午饭，她掏出一张银行卡交到堂弟手里："小弟，这里面有 7000 元，钱虽不多，却是姐姐的一份心意。你收下做学费吧。姐姐已经工作了，以后你每个月的生活费也由姐姐来承担。"二叔吃惊地看着她说："你才毕业，哪来这些钱？再说，弟弟也应该由我和你婶婶养，怎么能让你出钱？"说着坚决将那个银行卡塞回她的手中。她笑着问："叔，你忘了我父母给我留下一笔遗产吗？"二叔愣了一下，有些不好意思地看着她，结结巴巴地说："是呀。可那毕竟是你的钱啊！"她眼睛湿润了："二叔，你和婶婶就别骗我了。我早就知道我爸妈根本没什么遗产，所谓的遗产都是你为了让我安心读书编出来的……"

原来，那一年二叔将买手机的钱刚寄给她，她就接到姑姑打来的电话。姑姑生气地说："你这么大了，怎么还不懂事！你二叔供你上学已经很不容易了，这次为了筹集你的学费，又借了一大笔债。你居然还让二叔给你买手机。你怎么好意思向二叔伸手？"她吃了一惊："我爸妈不是给我留下一笔钱，暂时由二叔保管吗？"姑姑惊诧不已："你爸妈啥时候留了一分钱给你？你妈妈生病花光了家里的积蓄，你爸爸那次出车祸是因为违章驾驶，根本没得到一分钱赔偿……"那天挂断电话后，她跑到没人的地方，握着那张银行卡流了半天泪。

后来的日子里，她为了获得一等奖学金很努力地学习，课余时间还去打零工、做兼职。她不但用这些钱养活了自己，还往银行卡里一点一点地存钱。她感觉每存进一笔钱，就存进了一份爱。三年多后的这天，她终于可以将这张装着爱的银行卡交到堂弟的手里……

感恩寄语

女孩，先是失去了母亲，几年后，父亲又在车祸中丧生。因此，13岁的她寄居在二叔家。二叔和二婶家庭并不富裕，但极力供养她上学。为了让女孩能够安心读书，二叔编出了善意的谎言，说是女孩拥有一大笔父亲的遗产，直到姑姑的电话才让她走出了谎言的欺骗。于是，在自责和感动的同时，她决定自食其力。她自己打工存的钱，不仅供养了自己的生活，而且当弟弟上大学时候，她送给了二叔一张存有7000元的银行卡。这个卡里，其实存的已经不仅仅是钱，还有生活中浓浓的亲情。女孩，怀着感恩之心将善意的谎言将错就错，同时用爱点燃了感恩的情怀。生活中有多少善意的谎言让我们无法释怀，因为亲情太深，所以，谎言即使穿上了厚厚的外衣，也无法躲避藏在内心的善意。二叔，每打进卡里一分钱，就给女孩送去一份爱，女孩每在卡里存进一分钱，就是存进一份感恩之心。只因有了爱，她的感恩之心才那么强烈；只因有感恩之心，二叔的这份爱才显得那么浓厚。